Childéric Roi des Francs Volume I

Anne-Marie de Beaufort d' Hautpoul

CHILDÉRIC

Aboflède étoit l'heureuse et sensible épouse que le ciel avoit accordée à Mérovée; belle et vertueuse, elle adoucissoit pour lui les fatigues de la guerre, les soins du gouvernement; partageoit ses triomphes, le consoloit dans ses revers, portoit à ses pieds la plainte de la timide infortune et l'hommage de sa reconnoissance. De cette union heureuse étoit né un fils, l'espoir et l'amour des auteurs de sa naissance. Childéric, à peine âgé de douze ans, flatte déjà l'orgueil d'un père. A sa chevelure blonde, à ses yeux d'azur, on reconnoît le descendant d'un Germain; à son cœur avide de gloire, on reconnoît un Français: tandis que la justesse de son esprit charme les Druides qui l'instruisent, sa beauté ravit sa mère, et ses nobles vertus remplissent d'une orgueilleuse joie l'ame superbe de Mérovée.

Aboflède en est plus chère à son époux et à son peuple, elle-même s'applaudit d'un si bel ouvrage. O mon fils! se disoit-elle quelquefois; 14 ô vous! objet de crainte et d'espoir! que d'attachement vous auriez pour moi, si vous pouviez sentir ce trouble sans cesse renaissant que l'amour plaça dans le cœur de votre mère prévoyante; si vous pouviez connoître ces soins toujours actifs et jamais lassés, cette tendresse constante et nouvelle, qui naquit avec vous et ne finira qu'avec moi. Childéric répondoit à une si vive amitié par un égal attachement, adoroit sa mère, admiroit les exploits et le grand cœur de Mérovée, se promettoit de le prendre pour modèle, révéroit les dieux et se sentoit impatient de courage. Un bonheur si constant et si pur ne devoit pas durer toujours, et la sensible Aboflède alloit voir se changer en une douleur mortelle les douces jouissances d'une mère.

Les Huns, peuple hideux et féroce, sans civilisation comme sans industrie, habitoient au Nord de la Chine, plus de deux mille ans avant notre ère. Sans cesse en guerre avec les Chinois, ils avoient été chassés par eux loin des frontières de leur empire, vers le quatrième siècle, et repoussés jusques sur les bords du Jaïk, d'où les Alains étoient partis avant eux; de là ils 15 descendirent vers l'Orient du Palus-Méotides. Sortant tout-à-coup du Palus, ils précipitèrent les Alains sur les Ostrogoths; bientôt ils repassèrent le Tanaïs, tournèrent le Pont-Euxin, ravagèrent l'Asie, et s'établirent tumultueusement de l'autre côté du Danube et du Rhin, non loin du Volga; là, divisés en familles ou hordes, ils se bâtissoient des huttes grossières, dans lesquelles ils se tenoient renfermés pendant la mauvaise saison; ils les quittoient impétueusement au printems, ravageant tout ce qui s'offroit sur leur passage, et chargés du fruit de leurs rapines, ils retournoient avec la même rapidité dans les forêts qui leur servoient d'asile; ce peuple sauvage et guerrier méprisoit la foiblesse, et abandonnoit aux monstres des bois les vieillards qui ne pouvoient plus combattre; les femmes marchoient à la tête des armées, conduisant leurs enfans, et chargées de ceux qui ne les suivoient pas encore: dès leur naissance, elles les plongeoient dans l'onde glacée des fleuves, les exposoient aux ardeurs du soleil, les exerçoient à la chasse, à la course et à la lutte, et quand l'âge, anéantissant leurs forces, les menaçoit du mépris et des maux attachés 16 à la décrépitude, elles recevoient la mort de la main de leurs propres enfans; le fils qu'une tendre mère avoit nourri croyoit, en la délivrant d'une vie qui alloit lui devenir douloureuse et importune, acquitter la dette de la reconnoissance; ils massacroient également leurs blessés après la bataille. En 450, Attila, roi de ces sauvages, après avoir assassiné son frère Bleda, auquel il ravit le trône, voulut saccager l'Occident, et ayant traversé la Franconie et la Germanie, à la tête de cinq cent mille combattans, il entra dans les Gaules sous le prétexte d'aller attaquer les Visigoths dans l'Aquitaine; mais après avoir ravagé et brûlé Metz, Trèves, Tongres, Bar, Arras, il continua sa marche, passa près de Paris, et vint assiéger Orléans. La ville avoit déjà capitulé, quand Aëtius, général des Romains, ayant appelé à son secours Théodoric, roi des Visigoths, Mérovée et sa redoutable armée, attaqua ce terrible ennemi, qu'il défit complètement, et le força à une prompte fuite, laissant deux cent mille morts sur le champ de bataille. Ce fut en Sologne, près d'Orléans, que cette grande victoire fut remportée; elle coûta la vie à Théodoric. Son fils Trasimond 17 fut élu après sa mort. Attila, de retour dans ses forêts, contemploit avec plus d'espoir que de douleur les débris encore menaçans de son immense armée: on pouvoit le repousser, non l'abattre; il se promettoit de le prouver. Ce Hun trop célèbre par ses crimes et son indomptable courage, se faisoit appeler le fléau de Dieu; il étoit d'une stature au-dessous de la médiocre, avoit une tête d'une grosseur démesurée, le nez extrêmement large et écrasé, le front applati, la barbe claire et entrecoupée de cicatrices, dont ses joues étoient couvertes; ses yeux petits, et qu'il ne fixoit jamais, étoient toujours en mouvement comme son corps. Cette figure hideuse sembloit dire au monde qu'il étoit destiné à en troubler le repos; son palais étoit une cabane, son trône une chaise de bois placée sous un arbre, et son drapeau flottant lui servoit de tente. Tel étoit l'ennemi qui devoit porter au cœur d'Aboflède une blessure si profonde.

A peine les glaces qu'avoit durcies le sombre hiver se détachoient-elles des monts, les vents toujours irrités troubloient le calme des forêts, la douce approche du printems ne 18 ranimoit point encore la nature mourante, et cependant l'impatient Attila devançant la saison guerrière, assemble déjà son armée. Clodebaud, qu'irrite la gloire d'un frère, presse lui-même l'ardeur du Hun, et s'il pouvoit triompher des obstacles que lui opposent les terribles avantages d'un long hiver, il seroit déjà vengé de sa dernière et sanglante défaite; enfin les vents sont enchaînés; la terre raffermie offre à la marche des troupes un terrain solide. Attila, à la tête des siens, s'avance sur les bords du Rhin, ils construisent à la hâte une quantité innombrable de petites barques, et s'élançant du milieu de l'onde, ils marchent jusqu'à Cologne. Mérovée apprend les victoires de son ennemi en apprenant son attaque: alarmé d'un si rapide avantage, il assemble promptement ses troupes, et entouré de ses braves, il alloit quitter encore la tremblante reine, dont il recevoit les tendres adieux. Childéric, témoin des craintes de sa mère, ne put voir ses pleurs sans désirer suivre et défendre l'objet chéri qui les faisoit couler; le chant des Bardes, l'aspect des armes, le noble courage qui s'imprimoit en traits augustes sur le front du roi, l'ardeur guerrière qui animoit l'armée, 19 le secret sentiment de sa valeur, tout inspire et entraîne l'enfant aimable et sensible; saisissant d'une main téméraire le javelot révéré, sceptre et arme du grand Pharamond, il l'agite avec audace, le baise avec respect, jure sur cette arme sacrée de s'en servir pour défendre le roi, et de ne l'abandonner qu'avec la vie. Cependant il craint les refus d'un père, les défenses d'une mère timide: à l'idée des alarmes qu'il va lui causer, des pleurs s'échappent de ses yeux et coulent sur ses joues vermeilles; mais tandis que Mérovée reçoit son casque et son épée des mains d'Aboflède baignée de ses larmes, tandis qu'il lui jette un dernier regard et s'élance au milieu d'une armée sûre de vaincre, et qu'Aboflède évanouie ne peut s'apercevoir de sa fuite, Childéric se mêle parmi les soldats, se dérobe aux yeux d'un père dont il redoute la prudence, et ne s'offre à ses regards qu'aux portes de Cologne, quand il ne craint plus d'être rendu à Aboflède. Le roi, surpris et charmé, l'admire avec un orgueil mêlé de crainte. O mon fils! lui dit-il en l'embrassant, et votre mère? Cependant Childéric a l'air si fier et si heureux, sa physionomie douce a dans le moment 20 tant de noblesse et d'audace, ses yeux brillans de courage, sont si expressifs, son geste si animé, que Mérovée cédant à son tour, lui permet d'assister au combat, et recommande l'objet de son amour à Viomade, le plus cher de ses braves; rassuré par la confiance que lui inspirent et l'air majestueux de son fils et la fidélité de son ami, il vole où l'appelle la victoire.

Dans ces premiers tems de simplicité, le trône ne s'environnoit point encore des prestiges brillans qui l'entourent aujourd'hui; le roi n'étoit que le premier soldat de son armée, le butin se partageoit au sort, on n'avoit de rang que celui que l'on tenoit de la gloire, la voix publique en décidoit, non la volonté du prince; l'intrigue et la flatterie ne rampoient point pour s'élever, on aimoit la personne du roi, non sa grandeur; on chérissoit ses vertus, non sa puissance; il comptoit sur ses braves qu'aucun intérêt ne portoit à feindre; le roi étoit aimé, le roi aimoit, et la défiance n'obscurcissoit point pour lui l'éclat du trône; la noblesse, fière de sa gloire déjà acquise par des ancêtres respectés des nations, s'efforçoit de surpasser encore l'éclat d'un nom déjà fameux, 21 on la reconnoissoit à ses actions comme à ses vertus, et le roi, au milieu des fermes défenseurs de sa couronne et de sa vie, trouvoit dans chaque brave un soutien, un ami, un héros. Qu'elle est belle cette noblesse antique, cette vertu qui, transmise pure et d'âge en âge, enrichie sans cesse et de siècle en siècle, de faits héroïques ou généreux, répand autour du nouveau rejeton qui va l'honorer encore, cette gloire dont l'éclat le guide, et doit le forcer à l'imiter! Osera-t-il donc être un lâche, montrer un cœur coupable, celui pour qui le nom d'un père est une leçon, un exemple, et deviendroit un reproche? Non, sans doute, et notre histoire en est la preuve auguste, puisqu'on y retrouve sans cesse les mêmes noms s'inscrivant, de nouveau, glorieux et sans tache dans le temple de mémoire.

Mais déjà Mérovée a repris Cologne, et poursuivant sa victoire, il attaque l'ennemi en pleine campagne. Plusieurs fois Ulric, Arthaut, Amblar, Mainfroy se sont placés entre le roi et le danger; lui-même a reçu une légère blessure en détournant le trait prêt à percer Ulric. O bon tems! où de pareils traits n'étonnoient personne, où l'admiration 22 ne le répétoit même pas, et laissoit à la seule reconnoissance le soin d'en perpétuer le souvenir!

Mais les Huns, ralliés par Attila, s'élancèrent de nouveau sur l'armée française, en jetant d'horribles cris; ce choc imprévu ébranla l'armée, et ce rare avantage animant les ennemis, ils chargèrent en furieux; Mérovée contenant l'ardeur de ses troupes, attaqua à son tour avec sang-froid et en bon ordre, et culbuta sans peine une armée tumultueuse qui, plus téméraire qu'habile, ignoroit l'art de se défendre; cependant quelques-uns de ces barbares déploient un courage presque inouï; la mort suit par-tout leurs traits, ils pressent Mérovée lui-même, et on reconnoit Attila à sa force, à sa rage, à son adresse. Viomade voit le danger de son maître, et oubliant pour un moment le dépôt trop cher qui lui a été confié, il s'élance en s'écriant: A moi, braves! On entoure le roi, on le suit, lui seul eut la gloire de recevoir dans la poitrine le coup de hache dont Mérovée alloit être la victime; le roi le voit tomber baigné dans son sang, il se précipite vers lui, le relève, mais appelé au combat, il le confie aux soins 23 d'Ulric, et court le venger par une éclatante victoire. Les Huns, vaincus et poursuivis jusqu'au fleuve, se rembarquent à la hâte et en désordre; les Francs dédaignant l'ennemi qui fuit, cessent de combattre; le roi triomphant revient à Cologne, et vole plein d'une double inquiétude auprès de son ami dont on a déjà pansé la profonde blessure. Rassuré sur ses jours, ô Viomade! où est mon fils, s'écrie-t-il? Hélas! Viomade l'ignore, un long évanouissement a suivi sa blessure, et il n'a pu, malgré ce zèle pur, ardent et sans égal, veiller au dépôt sacré qui lui avoit été remis. Ciel! ô ciel! que me dis-tu, répond Mérovée; ô Childéric! ô mon Aboflède! Mais les braves se sont dispersés, on cherche le jeune prince dans la ville, dans l'armée, au bord du fleuve, sur le champ de bataille, parmi les blessés, au milieu des morts; on interroge les soldats, les habitans, les prisonniers, par-tout un silence terrible jette l'alarme dans les cœurs; de fidèles sujets traversent le fleuve, ils pénétreront dans les forêts, jusqu'au camp même d'Attila; toutes les récompenses leur sont promises, mais la seule qu'ils désirent, c'est de ramener le fils des rois.

24 Qui cependant apprendra à la plus tendre mère, à cette reine adorée, une absence si alarmante? Qui aura le féroce courage de déchirer ce cœur sensible, douce retraite de vertu, de paix et d'amour? Qui pourra faire couler ces larmes abondantes, dont la seule idée est déjà un supplice pour tous les Francs? Mérovée, plongé dans sa muette douleur,

la tête appuyée sur sa main, les yeux baissés, ajoute à ses terribles inquiétudes par l'idée des maux qui vont accabler l'objet de sa tendresse; il en prévoit l'excès, il en est déchiré, et Viomade en soupirant regarde la blessure qui l'excuse, et le roi qui ne vivroit plus sans elle. Sa faute est grande, mais sauver la vie à Mérovée est une action plus grande encore; il gémit, il s'afflige; cependant il ne peut pas plus se repentir, que le roi n'ose lui adresser un reproche. Pour la première fois Mérovée craint de revoir Aboflède, et ce moment qui fut toujours le plus doux prix de sa victoire, trouble et effraie sa grande ame.

Depuis le départ de son époux, depuis celui de son fils, la tendre reine, livrée à toutes les alarmes, a gémi comme épouse 25 et comme mère. O mon fils! ô mon Childéric! s'écrioit-elle, pourquoi fuir loin de mes bras caressans? pourquoi m'abandonner? Hélas! je comptois encore, avec une douce sécurité, les années de bonheur que m'accordoit ta jeunesse! Pourquoi, cher et cruel enfant, hâter les instans du danger? pourquoi, plus barbare que le devoir, me ravir déjà mon fils? Cependant la renommée, prompte à célébrer la victoire, a déjà porté jusqu'au palais de la reine le bruit glorieux des triomphes de son époux, et la nouvelle de son retour. Aboflède ne peut contenir sa trop vive impatience; pleine de joie et d'amour, elle relève ses beaux cheveux en désordre, essuie ses pleurs, et n'écoutant que les douces émotions qui agitent si délicieusement son cœur, court au-devant de son époux et de son fils; de loin elle entend les chants guerriers, son ame s'exhale et s'unit aux chants des héros; elle presse sa marche et vole au-devant de l'armée; déjà elle distingue le casque éclatant du roi, son œil maternel cherche près de lui cet autre objet de ses alarmes, il ne paroît point; tremblante, elle en accuse encore sa taille enfantine; elle distingue Viomade appuyé sur le 26 bras glorieux de son maître; l'armée chante la victoire, le roi ne s'unit point à ses chants; il approche, elle cherche en vain Childéric, Childéric ne se montre point à sa mère. Mérovée l'a aperçue, son sang s'est glacé dans ses veines, il a pâli. A ce signal de détresse pour un si grand courage, Aboflède a déjà deviné son malheur, elle tombe évanouie en nommant son fils. Mérovée la voit chanceler; mais il soutient son ami, il contient sa douleur, son impatience, et renferme avec effort dans son sein le cri prêt à s'en échapper. Viomade, affoibli par ses souffrances, déchiré par ses regrets, marche lentement et les yeux baissés; il ne s'attend pas au spectacle douloureux dont il va être le témoin; ils approchent enfin de la belle reine, que les femmes de sa suite ont relevée, et qu'elles soutiennent dans leurs bras. La pâleur couvre ses traits, elle est glacée, immobile, et sans aucun sentiment; la mort semble avoir déjà frappé cette tendre victime; insensible aux soins qui lui sont prodigués, elle reste plongée dans un évanouissement qui lui dérobe au moins la connoissance de ses malheurs; transportée jusques dans son palais, tous les secours lui 27 sont prodigués; elle renaît enfin à la vie, mais pour apprendre, mais pour sentir tout l'excès de son infortune: pour la première fois, la voix toute-puissante d'un époux adoré ne porte point dans son ame le bonheur ou la consolation, ses caresses ne la touchent point, son retour ne lui suffit pas, elle ne songe, ne demande, ne semble aimer que son fils. Le roi lui dit tout ce qui peut la rassurer, lui nomme les fidèles émissaires envoyés à la recherche du prince, lui répète qu'il ne s'est trouvé ni parmi les morts, ni parmi les blessés, que son javelot si remarquable n'est point resté sur le champ de bataille; l'infortunée l'écoute, lui fait redire ce qu'elle vient déjà d'entendre. Hélas! elle a trop besoin d'espérance pour la rejeter, mais elle aime avec trop d'ardeur pour s'en contenter long-tems; occupée d'un seul objet, possédée d'une seule idée, elle interroge tout ce qui l'approche, le silence l'inquiète, aucune réponse ne la satisfait, les jours lui semblent des siècles, l'incertitude la tue, et cependant l'incertitude soutient sa vie; si le roi s'absente un moment, à son retour elle pâlit de crainte et frémit d'espoir; dans son sommeil agité, elle revoit et 28 embrasse son fils; le réveil lui rend son absence, et elle pleure sur son heureux songe. O amour maternel! sentiment pur, vrai, constant, hélas! que souvent vous êtes cruellement récompensé! Plusieurs émissaires étoient déjà revenus, le roi seul leur avoit parlé; ils ignoroient tous la destinée du jeune prince; on cachoit leur retour à la malheureuse mère. O Viomade! pourquoi ta blessure retient-elle tes pas, et met-elle des bornes à un zèle qui, sans cet obstacle insurmontable, n'en auroit point connu? pourquoi, ami dévoué, ne peux-tu voler toi-même sur les traces du fils de ton maître? Ah! si cet effort étoit en ta puissance, qui oseroit te disputer l'avantage de servir encore ton roi? mais tu es foible, mourant, ton cœur seul rempli d'ardeur, partage et adoucit les tourmens de ta reine; ou tu portes à son ame les paroles consolantes de l'espérance, ou tu gémis avec elle, quand sa douleur trop vive ferme son cœur à tes sages discours.

LIVRE SECOND.

Une année entière s'étoit écoulée sans apporter aucune lumière sur le sort de Childéric; le tems sembloit emporter sur ses ailes le bonheur et l'espoir: déjà Ulric, celui des braves qui tient la seconde place dans le cœur du roi, est revenu des bords du Pont-Euxin avec tous ceux qu'il a dispersés adroitement autour du camp d'Attila; mais il n'a pu ni détruire, ni confirmer la crainte du monarque. Aboflède, renfermée au fond de son palais avec ses chagrins et ses souvenirs, ignore son arrivée, on la lui dérobe avec soin; il est depuis long-tems dans Tournay, et l'infortunée l'attend encore. Un bruit, d'abord léger, mais qui peu-à-peu se répand et s'accrédite, jette un nouveau désespoir dans le cœur du roi. On assure que le jeune prince ayant suivi l'armée qui poursuivoit les Huns, et s'étant laissé entraîner par l'inexpérience de son âge, étoit tombé dans le fleuve en essayant de passer sur une des barques ennemies. 32 L'apparence et le tems semblent confirmer ce récit. Mérovée craint, doute, et s'abandonne à la douleur qui le déchire; mais il épargne encore le cœur de la reine, il lui laisse ses fugitives espérances, et l'ame dévorée d'inquiétudes, il sourit aux douces pensées de retour que sa tendre mère exprime quelquefois. Il gémit seul ou dans les bras de Viomade; mais près d'Aboflède, il reprend son courage et son front serein. La reine se confiant à la tendresse d'un père, se rassure de la tranquillité de son époux; elle ne croit pas qu'une douleur violente puisse se contraindre, elle sent trop bien qu'un tel effort seroit au-dessus d'elle; la nature, l'amour et son cœur dans ce moment s'accordent avec le roi pour la mieux tromper. Cependant Ulric tarde bien selon elle à revenir; ce délai commence à l'inquiéter; Aboflède voit chaque jour renaître et finir, et Ulric ne paroît point; la reine ne peut soupçonner son zèle, le danger s'offre à sa pensée sous mille formes effrayantes. Attila, fier d'un si illustre prisonnier, aura sans doute refusé les échanges et le prix qu'Ulric devoit lui offrir; 33 une idée plus terrible encore glace tout-à-coup ses esprits, Clodebaud, ce frère irrité, exerçant sur le fils la vengeance qu'il méditoit contre le père. Elle voit Childéric réduit par la haine de Clodebaud au plus cruel, au plus honteux esclavage. Peut-être, ô ciel! a-t-il porté plus loin sa fureur.... Un jour même son imagination frappée lui fait apercevoir son fils pâle, baigné dans son sang; elle croit entendre ses longs gémissemens et recevoir son dernier soupir... Tremblante, éperdue, elle jette des cris douloureux, ses larmes sont taries, son sang ne circule plus, un froid mortel la saisit, elle tombe évanouie, et l'on doute long-tems de sa vie.

Cependant, l'intrépide Attila supportoit avec une égale peine, et sa honte et la longue paix où l'a réduit sa dernière défaite. Étonné de son inaction, indigné de ses revers, et retenu depuis deux ans dans ses forêts, il n'a pu revoir la saison guerrière, sans resaisir son arme terrible; les premiers feux de l'astre du jour ont ranimé toute son ardeur; il assemble son armée, et quittant encore ses déserts, il va pour la troisième fois traverser ce fleuve majestueux, 34 barrière antique et naturelle de la France. Mais ses revers multipliés ont découragé ses soldats; il ne lit plus sur leurs fronts mornes et sourcilleux l'audacieuse espérance; il ne voit plus en eux cette impatience du combat, présage certain de la victoire ou d'une glorieuse résistance; sa voix formidable se fait entendre sans ranimer l'ardeur éteinte; il commande, on obéit, mais en silence, et sans cette joie martiale qu'il a si souvent admirée. Il revoit avec rage ces plaines fameuses par ses malheurs; son courroux valeureux s'en augmente, tandis que ces sanglans souvenirs affligent et effrayent ses troupes naguères si valeureuses. Les Francs, au contraire, volent avec transport au-devant d'un ennemi dévastateur et qu'ils sont sûrs de repousser; ils chantent d'avance une victoire certaine.

Au nom d'Attila, Aboflède a joint dans son ame celui de ravisseur, d'assassin de son fils; elle sait qu'il marche contre son peuple, elle sait encore que ces barbares traînent à leur suite tous les prisonniers de guerre; elle conçoit un projet hardi: le cœur seul d'une mère est capable de le former, de l'entreprendre, de l'exécuter! 35 Elle annonce au roi surpris qu'elle va le suivre au combat, et en disant ces mots, ses yeux cessent de verser des larmes, et l'espérance jette une légère teinte de joie sur sa figure douloureuse. Mérovée s'oppose en vain à un désir dont il ne connoît pas encore le vrai motif; la raison ni la prudence ne peuvent rien contre tant d'amour. Hélas! Aboflède est mère, et elle a perdu son fils! que peut-elle craindre encore? Deux seules pensées lui restent, le retrouver ou mourir. La reine, montée sur un char, se mêle aux combattans et s'expose sans en être émue; son ame n'est troublée ni par le bruit des armes, ni par les horribles cris que jettent les Huns pendant les batailles, ni par le spectacle sanglant dont elle est environnée. Elle ne voit point voler le trait homicide, elle n'entend point les gémissemens des blessés; elle seule, au milieu de ce règne de la mort, conserve l'oubli d'elle-même, et porte au loin sa pensée et ses regards, sans chercher à défendre ou à conserver une vie dont elle cesse de s'occuper. Il paroît enfin à ses yeux ce groupe d'infortunés chargés de fers; ils sont peu éloignés des Huns, des gardes 36 nombreuses les environnent. A peine cet objet de douleur et d'espoir a-t-il frappé la reine, que son regard et son cœur ne s'en écartent plus. Sans doute c'est là, c'est parmi les malheureux captifs qu'elle trouvera son fils; elle s'assure du chemin qui conduit à cette partie séparée du camp; on peut s'en approcher par un bois voisin. Aboflède a tout vu et n'oubliera rien. La nuit abaissant sur la terre ses voiles épais, force enfin les combattans à se séparer. Aboflède invoque depuis long-tems les ténèbres dont la favorable obscurité servira sa téméraire entreprise. A peine la tranquille déesse a-t-elle enchaîné dans un doux sommeil les fiers enfans de Mars, que revêtue d'habits guerriers, cachant ses membres délicats et la beauté de son sexe sous le casque et l'armure, Aboflède, jusque-là craintive, échappant à ses gardes, et guidée par son amour, s'avance vers le camp ennemi; son cœur palpite d'une joie vive, elle ne sent ni le poids du casque qui la blesse, ni celui de ses armes si étrangères à ses belles mains; aucun danger n'effraie sa pensée, un seul sentiment la soutient et l'entraîne, tout disparoît devant lui. La reine, malgré l'obscurité que l'ombrage 37 du bois rend plus profonde encore, ne s'est point égarée, elle est parvenue au but désiré de son voyage; elle aperçoit les prisonniers attachés les uns aux autres, la plupart sont couchés, et la nuit est trop obscure pour qu'elle puisse les reconnoître. Aboflède s'approche; les gardes, surpris de tant d'audace, vont la saisir. Loin d'en être alarmée, leur cruauté semble obéir à ses vœux, elle tend ses beaux bras aux chaînes qu'elle va partager avec son fils. Pressée de les obtenir, elle se livre sans résistance, et se mêle avec transport parmi les infortunés qui sont pour la plupart ses sujets. Éclairée par les feux du camp, la reine a reconnu Mainfroy, ce fidèle général pris devant Cologne qu'il défendoit; elle s'approche de lui, et d'une voix basse, elle lui dit: Mainfroy, reconnois une mère à ma démarche audacieuse, je suis Aboflède, et je cherche mon fils prisonnier d'Attila; rends-moi mon fils! je veux mon fils! Mainfroy admire la mère, et tombe respectueusement aux genoux de la reine; mais ce ne sont point des hommages, du respect qu'elle attend de lui, c'est un fils qu'il faut lui rendre; le général l'assure vainement qu'il n'en sait aucune nouvelle, et qu'il n'a pas été fait prisonnier; 38 il le jure à la reine désolée, et lui ravit ainsi sa dernière espérance; mais elle doute encore et interroge plusieurs Francs; leur réponse est la même, et elle perd l'espoir qui soutenoit sa vie. Aboflède alors s'arrête immobile en s'appuyant sur Mainfroy, ses larmes ne coulent point, un froid mortel la saisit, une sueur glacée découle de son front, un silence effrayant répond assez aux discours terribles qu'elle vient d'entendre. Mainfroy, n'ose lui offrir du secours, il craint d'exposer son sexe et son rang; retenu par ses chaînes, il ne sait ce qu'il doit faire. Aboflède penche sa belle tête, son casque se détache, elle tombe dans les bras de ses sujets enchaînés à ses genoux. Que feront-ils? à qui confier ces jours sacrés, ce dépôt si cher à la France? le barbare Attila respectera-t-il l'épouse auguste de son ennemi? Tandis qu'ils délibèrent, incertains, ils sont tout-à-coup enveloppés, leurs gardes saisis jettent d'horribles cris auxquels tous les Huns répondent promptement; mais plus promptement encore, une troupe nombreuse et hardie pénètre jusqu'à eux, brise leurs chaînes en s'écriant: A nous, Francs! Aboflède est enlevée des bras de Mainfroy et placée sur un 39 char; la troupe se rallie, mêlée aux prisonniers, et tous reprennent le chemin du camp de Mérovée avec tant de précipitation, que les Huns, trompés d'ailleurs par les ténèbres, n'ont pu porter aucun secours à leurs gardes, ni défendre leurs prisonniers. Attila, furieux d'une attaque qu'il regarde comme une trahison, attend impatiemment que le jour éclaire sa vengeance; et Mérovée, que l'amour a entraîné et qui prévoit sa rage impétueuse, se prépare au combat avec autant de courage et plus de prudence. Après la fuite d'Aboflède, le roi n'avoit pas tardé à s'apercevoir de son absence: trop sûr du chemin qu'elle avoit pris, tremblant sur les dangers qui alloient l'entourer, il l'avoit suivie avec l'élite de son armée; et certain que l'espoir de retrouver Childéric l'auroit décidée à pénétrer jusqu'aux prisonniers, parmi lesquels elle le croyoit toujours, Mérovée s'étoit décidé à les délivrer tous, afin de sauver la reine de la captivité, de la mort, et de tous les excès terribles qui la menaçoient. Revenue dans son camp et privée de tout avenir, muette et la vue égarée, à peine elle a reconnu son époux. Après un long silence, elle a fixé sur lui ses yeux éteints, et d'une 40 voix mourante, elle a prononcé ces mots: Il n'est donc plus! Retombant dans sa morne tristesse, elle a cessé d'écouter, de répondre. Déjà l'étoile du matin, avant-coureur de l'aurore, avertit les guerriers de se tenir prêts: ils sont déjà sous les armes, brillans de jeunesse, de santé, de valeur, ceux-là qui ne verront pas se coucher le soleil qui commence à les éclairer. O mort! ô toi à qui on ne peut échapper! toi qui dévores toutes les générations, avois-tu donc besoin pour assurer ton terrible empire, du secours de la guerre!

Attila, fier de venger une injure, et d'avoir, pour la première fois, un juste motif de prendre les armes, fut cependant encore surpris par l'active sagesse de son ennemi. La victoire ne fut pas longue à se décider, et Mérovée offrit la paix qui fut acceptée; il renvoya à Attila tous les prisonniers, en mémoire de la délivrance d'Aboflède, y joignit de riches présens; mais sa clémence n'adoucit point la haine de son ennemi, et ne calma point sa honte; il en conserva même une si vive douleur, qu'à peine de retour dans ses bois, on le trouva mort dans son lit à côté de son épouse. Ainsi finit ce guerrier qui coûta tant de 41 sang à sa patrie et à ses ennemis. Mérovée, couvert d'une gloire nouvelle, rentra dans Tournay aux acclamations du peuple, et ramenant la malheureuse Aboflède, qui, de retour dans son palais, reprit sa vie solitaire et silencieuse. Plongée dans une tristesse destructive, ses traits en reçoivent la douloureuse empreinte, et cette tête si belle se penche déjà flétrie comme le lis superbe détaché de la tige qui le nourrit. L'aspect du malheur, si puissant sur l'ame tendre de la reine, ne l'émeut plus; la bienfaisance a perdu pour elle tous ses charmes. Aboflède n'est plus belle, n'est plus reine, n'est plus épouse, n'est plus amante; elle n'est plus, hélas! qu'une mère en deuil, descendant au tombeau par la route lente et pénible de la douleur. En vain tout s'empresse encore autour d'elle; préoccupée et isolée au milieu de tous, elle ne s'aperçoit d'aucun soin; le désespoir de son époux, jadis si aimé, ne pénètre plus jusqu'à son cœur fermé à jamais. L'amour de son peuple, l'amitié, tout a perdu son empire sur cette ame tendre. Puissance de la douleur, que vous avez de force sur le cœur d'une mère! Chaque jour semble l'entraîner vers la tombe, son 42 unique désir. C'est là, c'est près du trône de Teutatès qu'elle espère retrouver son fils, pour ne plus le quitter jamais. C'est dans ces célestes demeures, où la mort est sans puissance, dans ces champs toujours verds, au pied de l'éternel, et dans un bonheur ineffable et constant, qu'Aboflède, dégagée des liens terrestres, demande aux dieux de la recevoir promptement. Et tandis que le roi et son peuple surchargent les autels de victimes et demandent aux dieux de prolonger ses jours, elle seule, formant des vœux contraires, élève au ciel ses mains pures et le conjure de terminer sa vie. Ils vont être exaucés ces cruels vœux du désespoir; Aboflède sent les approches de la mort, comme on entrevoit le moment de sa délivrance; son ame s'exhale comme la fumée de l'encens s'élève vers les cieux. Le roi, qui devoit prévoir depuis long-tems ce nouveau malheur, n'en est pas moins frappé comme d'un coup inattendu; le deuil est général; Viomade a l'emploi triste et flatteur de recevoir les plaintes, de partager la douleur de son maître; s'il ne le console pas, du moins il pleure avec lui.

Les obsèques de la reine furent ordonnées. 43 Ce dernier hommage du regret, qui tient du sentiment et de la religion, s'il ne soulage point le cœur, adoucit son désespoir. Ce fut aux bords de l'Escaut que les restes glacés de la reine furent conduits. On creusa d'abord une fosse ronde, où l'on plaça, selon l'usage, tout ce qui pouvoit être utile à la vie. Etrange superstition de ces tems, qui alloit même jusqu'à immoler des esclaves, afin que les morts fussent servis par eux dans un autre monde! Mais Aboflède, prête à mourir, avoit exigé que l'on ne suivit point cette barbare coutume, et Mérovée voulut qu'elle fût obéie. La fosse creusée, on amena une charrue dont le soc étoit d'airain; elle étoit attelée de deux bœufs blancs; on traça d'un sillon le tour de la tombe, et à mesure que la charrue ouvroit la terre, on remplissoit de fleurs le sillon qu'elle avoit formé; on eut soin de la relever à l'entrée de la tombe, sans en continuer la trace. Après cette cérémonie, on plaça le corps dans la fosse, et revêtu de ses plus riches ornemens; chaque assistant eut soin de jeter sur ces restes sacrés une poignée de la terre natale de la reine; on la recouvrit de fleurs, de gazons, puis de terre, 44 et enfin d'une grande table de plomb sur laquelle on grava ces mots:

PLEUREZ LA REINE ABOFLEDE,
AMOUR ET EXEMPLE
DU MONDE.

Les Druides assistèrent à cette lugubre fête couverts de longues tuniques de lin; ils versèrent sur la tombe l'eau lustrale du guy de chêne, invoquant les dieux pour qu'ils accordassent sans délai l'entrée céleste à la victime de l'amour et du malheur. Mérovée n'assista point à ces funérailles, le deuil étoit trop avant dans son cœur; il n'eût pu soutenir ce terrible spectacle. Privé d'une épouse et d'un fils, le voilà seul sur le trône déjà isolé; il va marcher sans compagne dans les routes épineuses de la vie, et quand l'ange de la mort développera sur lui ses ailes glacées, il ne laissera pas, aux mains d'un fils adoré, le sceptre des rois qu'il a illustré, et son glorieux héritage; il ne revivra pas dans une nombreuse postérité. Ah! s'il gémit de la mort d'Aboflède, c'est sur lui seul qu'il répand des larmes; il sent trop que le seul malheureux est celui qui survit à ce qu'il aime.

LIVRE TROISIÈME

Le tems ne consoloit point Mérovée. De tous les biens dont l'amour l'a fait jouir, le souvenir seul lui reste, il le conserve comme le dernier trésor de son cœur; le regret, qui le suit par-tout, charme douloureusement sa solitude, et quand il a perdu tout ce qu'il aime, les tendres images d'Aboflède, de Childéric, ne s'effacent point de sa pensée; il chérit sa mélancolie, et refuseroit de se consoler: il n'a plus que sa douleur, il craindroit de la perdre et même de l'affoiblir; mais il cherche et soulage les malheureux, il a besoin du bonheur des autres quand il n'en existe plus pour lui; l'accent de la joie, celui de la reconnoissance, jettent encore un son doux au fond de son ame. Blessé dans plusieurs batailles, le roi ne s'étoit que foiblement occupé de ses souffrances légères; mais les chagrins, les fatigues, les années, avoient enflammé son sang; une cicatrice mal fermée s'étoit r'ouverte, et le peu de soin apporté à un mal d'abord sans 48 danger, avoit envenimé la blessure au point que sa vie étoit menacée; les remèdes pourront la prolonger, mais ils laissent craindre une mort prochaine ou des souffrances habituelles; le monarque s'affoiblit de jour en jour; Viomade en est troublé, tandis que l'ambitieux Egidius jouit en secret et s'abandonne à une grande espérance. Egidius, général de la milice romaine, et gouverneur pour les Romains dans la Gaule, commandoit à Soissons, et avoit la faveur de l'armée; brave et adroit, il s'étoit fait une reputation guerrière, et passoit également pour réunir toutes les vertus: il savoit se montrer aux hommes sous l'aspect le plus favorable à ses projets, et cachoit avec art son vrai caractère et ses desseins. Depuis la perte du jeune prince, il s'étoit toujours flatté de succéder à Mérovée; c'étoit dans cette pensée qu'il avoit répandu le bruit de la mort de Childéric, passant dans une barque ennemie; un roi sans héritier, et mourant lui-même, n'étoit plus qu'un foible obstacle à son ambition; il se plaît à répandre dans l'armée de secrètes inquiétudes sur la santé chancelante du souverain, sur l'inaction dans laquelle il va tenir ses troupes si accoutumées 49 à combattre et à vaincre, sur la nécessité d'élire un chef pour le remplacer pendant les combats; mais son parti n'est pas assez fort: il craint l'horreur qu'inspire le nom romain, l'amour du peuple pour son roi, les Druides dont il ne suit pas la religion, et dont il redoute l'empire; mais ce qu'il craint bien plus encore que la haine ou l'amour léger d'un peuple inconstant, extrême, facile à émouvoir, à contenir, à exciter, qui n'ayant pas de volonté qui lui soit propre, cède à tout ce qui le maîtrise, et semblable à cette même onde qui s'irrite, se soulève, déborde au gré du vent qui l'agite, se calme et s'écoule lentement, sans que sa fureur ni sa tranquillité viennent d'elle-même; ce qu'il craint enfin plus que les Druides, le roi et toute l'armée, c'est Viomade, ce brave toujours occupé de son maître, déjouant les projets, et le surveillant avec autant de zèle que d'activité et d'intelligence, aimé du monarque comme de la France entière. Egidius n'a pas de plus forte barrière entre lui et le trône; la renverser paroît impossible, la force du moins seroit impuissante; Egidius aura recours à la ruse, arme du lâche, et l'ingrat Draguta va servir 50 ses odieux projets. Draguta, né parmi les Huns, avoit poursuivi Viomade avec audace et témérité devant Cologne; blessé dangereusement, il étoit tombé parmi les morts, on l'avoit trouvé pendant la cérémonie funèbre qui suit les sanglans exploits, il respiroit encore, il fut transporté parmi les blessés par ordre de Viomade, il fut traité avec soin et générosité. Sa blessure étoit si dangereuse, qu'il fut plus d'une année sans se rétablir entièrement; par reconnoissance il témoigna le désir de rester encore près de son bienfaiteur. Egidius l'ayant souvent aperçu, crut démêler dans ses regards l'ame d'un traître, et l'ayant fait sonder adroitement, il vit qu'il ne s'étoit point abusé, et que Draguta joignoit aux connoissances qu'il avoit su acquérir depuis son arrivée en France, et pendant un séjour de plusieurs années, la férocité de sa patrie, et la haine du nom des Francs, que des secours et tant de bienfaits n'avoient pu éteindre.

Instruit des volontés d'Egidius, flatté des récompenses énormes qui lui sont promises, heureux surtout de satisfaire sa fureur et d'assouvir sa vengeance, Draguta se présente à son bienfaiteur; il s'efforce de 51 donner à ses traits plus de douceur, à son sourire moins de perfidie; mais il n'a rien à redouter du cœur franc et sans défiance du plus vertueux des braves, qui, incapable de feindre, l'est aussi de soupçonner. Je vous dois, lui dit le fourbe, le bonheur et la vie, m'acquitter est un devoir et un besoin; je viens satisfaire mon cœur, en rendant au vôtre et la joie et l'espoir. Viomade l'écoute, et lui tendant la main avec cette franchise d'une grande ame: Parle, ami, lui répond-il, mais crois qu'en te conservant le jour, j'ai déjà reçu ma récompense.

Draguta, loin d'être attendri par ces paroles et l'air plein de douceur dont elles furent accompagnées, s'applaudit au contraire d'avoir à tromper un si facile ennemi, et reprenant son discours, il dit: Vous pleurez Childéric depuis cinq années; mon amour pour Attila, mes sermens de fidélité, mon devoir, m'ont défendu de vous instruire de sa destinée; mais mon roi n'est plus, et ce que je vous dois m'ordonne aujourd'hui de vous révéler ce que j'ai dû vous taire: Childéric est prisonnier. Clodebaud l'ayant aperçu pendant la terrible bataille qui coûta tant de sang à ma malheureuse 52 patrie, nous ordonna de nous emparer du jeune prince, et je fus du nombre de ceux qui l'enlevèrent; je le remis à Clodebaud, qui fier et heureux d'une si belle proie, jura d'épargner ses jours, mais de le vouer à un éternel esclavage.

Après avoir ainsi obéi à mon général, je revins au combat, où je vous attaquai avec une rage dont je fus puni; vos soins généreux ouvrirent mon ame au repentir, et souvent en voyant les douleurs que vous causoit l'absence du prince, je fus sur le point de vous tout avouer; retenu par mon attachement pour Attila, je résistai au mouvement qui m'entraînoit; j'ignorois d'ailleurs si Clodebaud avoit réellement laissé la vie au prince; mais depuis qu'Attila n'est plus, j'ai su par ceux qui sont venus apporter la nouvelle de sa mort, que Childéric étoit vivant, et réduit à la plus honteuse servitude; que Clodebaud, qui conserve le commandement d'une partie des troupes, insulte sans cesse à son malheur, et qu'il n'est pas impossible de le délivrer, si vous voulez suivre mes avis et accompagner mes pas. Je le veux! s'écria Viomade en se levant et avec une noble vivacité; ô Draguta! je le 53 veux, sois mon guide, mon interprète, mon bienfaiteur; ma reconnoissance sera sans bornes comme tes bienfaits, compte sur celle d'un grand roi, d'un père à qui tu rendras le bonheur. Eh bien! reprit Draguta, partons promptement et sans suite, car nous serions arrêtés, et le nombre ne nous sauveroit pas; je vous promets le secours de mes frères, tous jeunes, vaillans et hardis; je vous conduirai par de secrètes routes, qui nous éviteront des rencontres fâcheuses. Au reste, je répondrai de vous, et vous n'aurez rien à craindre. Je ne crains rien non plus, lui dit Viomade, ma vie est à mon roi; vivre et mourir pour lui, voilà ma noble destinée; mais retire-toi, Draguta, je vais porter à mon auguste maître l'espérance que tu as répandue dans mon cœur; reçois cette bourse d'or, non comme une récompense; ah! Draguta, qui jamais pourra te récompenser! Le brave à ces mots embrasse avec attendrissement le perfide qui, sans repentir et sans trouble, approche de ce cœur d'où s'émanent tant de vertus.

Viomade, l'ame ouverte à la plus vive joie, s'empresse de verser dans le sein paternel l'espoir dont lui-même est enivré, et 54 vole rejoindre son maître; sa physionomie exprime tant de bonheur, que Mérovée en est frappé, et sourit à la félicité d'un ami. Quelle fut son émotion au récit animé et consolateur de Viomade! Childéric esclave et malheureux! quelle pensée pour un père et pour un roi! Mais Childéric vivant! et rendu à son amour! Hélas! pourquoi ce bonheur ne peut-il plus être partagé par Aboflède? A cette triste pensée, le front de Mérovée s'obscurcit, et la douce joie dont il rayonnoit s'est éteinte. Ah! sans le douloureux mélange de regrets et d'espoir, le bonheur inespéré du roi seroit trop vif, il auroit peine à le supporter. Viomade ne trouble point les méditations de son maître, il lit dans son ame, il voit se succéder les sentimens tristes et doux, et attend que le calme y renaisse pour lui parler avec cette franchise qui le distingue. Mérovée, reprenant bientôt un noble empire sur lui-même, lève sur son ami des regards paisibles, et Viomade lui parle ainsi:

Je n'ai pas besoin de dire au plus aimé des rois que je suis prêt à partir; mais je dois l'instruire qu'Egidius agite l'armée turbulente, et que la paix dont nous jouissons, 55 après tant de combats et de victoires, est déjà le sujet d'audacieux murmures. Cet ambitieux romain, que nous avons tant de fois vaincu et repoussé, s'est fait de ses défaites même un titre à la gloire; son adresse égare les troupes, et vous dépeint, accablé par les chagrins et les souffrances, incapable de combattre, anéanti sous le poids des maux; il annonce que les Saxons sont prêts à vous attaquer; un mot de vous peut détruire ses orgueilleuses espérances; le danger s'accroît: ô mon roi! épargnez aux Francs l'ingratitude et le repentir; daignez assembler votre armée, et vous montrer à elle plein d'espérance. Annoncez le retour du descendant de Pharamond; le peuple aime l'aspect du roi, et vos malheurs ont trop long-tems privé les Francs de votre auguste présence.

Mérovée, à ce discours, reconnoît la prudence et l'amitié de Viomade; il donne à l'instant ses ordres pour que l'armée soit assemblée le lendemain au champ de Mars, et pour qu'un grand sacrifice soit préparé: il veut, et remercier les dieux du bonheur qu'il éprouve, et attirer leur toute puissante protection sur le voyage que médite son généreux ami, 56 et sur ce fils qui semble déjà lui être rendu. L'armée apprend avec joie qu'elle reverra le héros sous lequel elle a si souvent triomphé, et le grand Diticas prépare la fête solennelle qui doit suivre la cérémonie guerrière.

Déjà l'armée est assemblée, et attend impatiemment le roi: il paroît, son front auguste ne porte point l'empreinte de l'abattement et de la tristesse, il se montre fier et animé comme aux jours du combat. L'armée pousse des cris de joie, et frappe à grands coups les boucliers retentissans; Mérovée, ému par ces témoignages d'affection, promène ses regards bienveillans sur cette troupe valeureuse, et que l'amour anime.

Soldats! leur dit-il, braves amis, chers compagnons de mes victoires, cessez de gémir sur les malheurs qui m'ont accablé, et partagez en ce grand jour la joie dont mon cœur est rempli. Ce fils que je regrette depuis plus de cinq années, ce Childéric, mon espérance et la vôtre, qui, encore enfant, osa se mêler parmi vous, que j'ai cru mort, et dont l'absence a coûté la vie à votre reine, ô mes amis! il existe, il vit pour combattre au milieu de vous, pour vous aimer et vous 57 défendre. Mon fidèle Viomade va partir pour la contrée lointaine où les hasards de la guerre l'ont conduit; dans peu ils seront de retour, dans peu nous reverrons ce descendant du grand Pharamond; et si Odoacre, envieux de notre puissance, ose attaquer nos armées victorieuses, nous irons l'en faire repentir; mon fils apprendra de moi comment on guide les Francs valeureux et dévoués; comment on défend sa patrie!.... De nouveaux cris de joie interrompent le monarque, son nom, réuni à celui de Childéric, retentit dans les airs. Qu'il est doux de régner sur ces cœurs enthousiastes et pleins d'amour! Pourquoi, également barbares, passent-ils si facilement de cette ardente fidélité à la révolte cruelle?

Le roi, après avoir donné à l'armée le tems d'exhaler ses transports, lui annonce le sacrifice préparé sous les chênes sacrés, et le long et joyeux festin qui terminera cette journée. Il retourne à son palais, suivi d'un peuple immense, et aux acclamations répétées. A l'heure fixée pour le sacrifice, le roi revêtu d'habits royaux, la couronne sur la tête et tenant son sceptre, entouré de ses braves, suivi de l'armée, se rend au lieu choisi 58 pour cette solennité. C'étoit dans un bois sombre, épais et mystérieux, que la cérémonie sanglante et religieuse étoit préparée. Le célèbre Diticas, grand prêtre des Druides, parut d'abord; ses cheveux blancs étoient couronnés de feuilles de chêne, arbre des dieux; sa tunique blanche étoit serrée d'une ceinture d'or, le plus pur des métaux. De jeunes et belles vierges, les cheveux épars et le front couvert d'un voile léger, suivent le grand prêtre, et s'occupent des apprêts du sacrifice. Trois d'entre elles, les yeux baissés, belles de jeunesse et de pudeur, portent un autel; sa forme est celle d'un trépied, soutenu sur trois consoles, dont le bas a la figure d'un pied de lion, le milieu celle d'un poisson qui étend ses nageoires, et le haut une tête de serpent qui se recourbe. Le dessus de l'autel est un bassin rond, propre à recevoir le sang des victimes; derrière les vierges qui soutiennent l'autel, marchent celles qui doivent présenter au grand prêtre la cuiller d'argent à manche pointu, dont il se servira pour prendre l'encens et les autres parfums, l'acarra, ou coffret rond, orné de deux anneaux d'or, enclavés l'un dans l'autre pour le lever et l'ouvrir, et qui renferme 59 l'encens et le succin jaune; la péréficule à anse qui contient le vin et autres liqueurs que l'on versoit sur les victimes; enfin la patère et l'amula, vases d'airain qui servoient à renfermer l'eau lustrale, et à cuire les victimes après le sacrifice. Les chastes prêtresses, ayant placé au pied d'un chêne choisi pour l'auguste fête, les divers instrumens destinés à la cérémonie, se retirent dans leur temple, et laissent aux seuls Druides consommer le sacrifice. Ils approchent alors de l'autel; dans la main d'un des plus renommés, brille le superbe sespiéta ou coutelas, qui sert à égorger les victimes. A la suite d'une invocation, après avoir brûlé l'encens, Diticas invite le roi à s'approcher. Le monarque s'abaissant devant les dieux, auxquels cède toute puissance mortelle, se dépouillant des augustes marques de la royauté, place au pied de l'autel sa couronne, son manteau, son sceptre et sa redoutable épée: recevant alors des mains de ses braves deux jeunes taureaux blancs qui n'ont pas encore subi le joug, il les présente respectueusement au grand prêtre, qui les immole en les frappant à la jugulaire. Les Druides entourent l'autel, reçoivent 60 le sang dans un bassin, interrogent leurs entrailles, invoquent et consultent les dieux; un silence profond règne dans le reste de l'assemblée; on craindroit d'interrompre ou de profaner d'aussi augustes mystères. Les Druides se séparent en deux files éloignées l'une de l'autre: Diticas paroît au milieu; à son regard élevé et prophétique, à ses traits animés, au désordre de ses pas, on pressent que l'esprit divin l'agite, et qu'organe des dieux, il va annoncer aux hommes les oracles qui fixeront leur destinée. Le cœur palpitant et rempli d'une religieuse terreur, l'armée se courbe vers la terre; le roi, le front baissé, imite sa respectueuse attitude. Diticas parle enfin. Les dieux sont satisfaits; ils promettent à Viomade le succès de son entreprise, au roi un fils, aux Francs un roi; et après avoir répandu sur tous l'eau lustrale, il rend à Mérovée sa couronne et ses armes, en lui disant: Souvenez-vous que vous les tenez des dieux. Le roi les reçoit avec respect, et plein de confiance dans les paroles favorables de l'oracle, il rend grace au ciel de tant de bienfaits, et sort du bois sacré, mais en se reculant et sans perdre de vue l'autel, les 61 Druides et les victimes; ce ne fut que dans la plaine et loin de l'enceinte consacrée, qu'il marcha la tête ornée de sa couronne, et suivi du peuple. Les festins l'attendoient: assises autour de cent tables dressées devant les portes du palais et des chefs, les troupes animées par la gaieté et le vin d'Italie qu'elles aimoient passionnément, s'abandonnoient à la joie; tous chantoient l'amour et la gloire, et une heureuse ivresse termina une journée qui sembloit fatale à l'ambitieux Egidius, mais qui ne détruisit point ses espérances.

LIVRE QUATRIÈME

Mérovée et son ami ont assisté à ces festins, mais sans en partager le délire; impatiens de se retrouver seuls, et de donner à la confiance le peu d'heures qui leur reste avant le départ de Viomade, fixé à la prochaine aurore, ils n'ont plus qu'une nuit, et l'amitié la disputera au sommeil. Le roi voudroit qu'au moins Ulric, Amblar, Arthaut accompagnassent Viomade; il s'y refuse. S'il étoit possible, disoit-il, que je fusse attaqué, ce seroit par un si grand nombre, que vous exposeriez sans aucun avantage les nobles défenseurs de votre couronne. Seul avec Draguta je n'inspirerai aucune défiance, et si je devois périr, conservez au moins vos plus fidèles sujets. Cette pensée jettoit un trouble extrême dans l'ame du roi. Toi périr! disoit-il; ô toi! mon ami, toi qui seul peut m'aider à supporter les orages de la vie; toi qui en partageant mes maux, en diminue toujours le poids! Je ne périrai point, reprit Viomade, les dieux 66 l'ont promis: en douter est une impiété. Je reviendrai bientôt remettre Childéric dans vos bras. Mérovée, malgré la juste impatience d'un père, voudroit que Viomade attendit au moins le printems; l'hiver déjà est avancé; mais cette saison qui retient les Huns dans l'inaction, offre à Viomade plus d'espérance de retrouver le jeune prince. Il combat la résistance du roi, qui redoute la rigueur de la saison; il calme les craintes du monarque, excite ses espérances, et verse des torrens de bonheur dans cette ame si long-tems la proie des souffrances. Le roi veut du moins l'accompagner jusqu'au bord du fleuve; des barques sont préparées; plusieurs braves les suivront même jusqu'au château de Clodion, situé sur l'autre bord du fleuve: là, Viomade devoit se séparer d'eux, et monté sur de forts chevaux chargés de provisions, il s'arme de flèches, ainsi que Draguta. C'est ainsi qu'il devoit revoir, et suivi seulement du Hun, cette Germanie, antique berceau de ses pères. Au premier rayon du jour, les deux amis se sont regardés et se sont précipités dans les bras l'un de l'autre. Mérovée craindroit de retarder le départ, 67 et cependant il sent toute l'amertume d'une telle séparation; Viomade se reprocheroit le moindre délai, mais il quitte avec peine son auguste maître. Tous deux émus et opressés se tiennent long-tems embrassés; tout est prêt pour le départ; déjà le farouche Draguta, revêtu de ses sauvages vêtemens, paroît et s'unit aux guerriers qui attendent le roi. Ses cheveux noirs, frisés, inégaux et épars, couvrent une partie de son visage, et ajoutent, dans leur désordre, à la férocité de ses traits; la jeunesse est sans grace sur le front sourcilleux du Hun; son courage est celui d'un barbare, et sa joie celle du crime. Sur ses épaules nues sont attachés son arc et ses flèches, armes légères, et les seules qui puissent leur être utiles dans les forêts qu'ils ont à traverser, soit qu'ils s'en servent pour se défendre contre leurs dangereux habitans, soit qu'ils recourent à la chasse pour suppléer à leurs provisions épuisées. Le roi et Viomade ne se font pas attendre long-tems; déjà ils atteignent les antiques ombrages de la forêt des Ardennes; ses arbres dépouillés de verdure, offrent aux regards 68 qu'ils attristent, les sombres ravages de l'hiver. Viomade n'en est point ému; le roi seul éprouve d'avance toutes les fatigues que ce brave est loin de calculer. Quelques tentes dressées sous les arbres servent à reposer la troupe, et en peu de jours elle découvre ce fleuve superbe qui sépare les Gaules de la Germanie. C'est-là que Mérovée quitte à regret un ami dévoué et cher; leurs adieux honorèrent également l'amitié et le courage qui les distinguoient. Oh! qu'elles sont unies ces grandes ames, qu'aucun vice ne sépare! Les barques ont reçu Viomade, Amblar, Ulric, Arthaut, Draguta; les tranquilles ondes obéissent aux rames qui fendent leur sein et soutiennent la fragile nacelle qui les sillonne. Parvenus au pied de Dispach, les voyageurs abordent ces rives paisibles et débarquent. Pendant le trajet, Mérovée, entouré de ses gardes, a long-tems suivi de l'œil la barque qui entraînoit son ami, et quand il ne l'avoit plus distinguee, son cœur et sa pensée la suivoient encore. Enfin, il avoit repris le chemin de son palais, dont la solitude troubla son ame; tous les dangers d'une aussi hardie entreprise s'offrirent 69 devant lui; mais les dieux avoient parlé, et Mérovée espéroit. Ses braves, à leur retour, lui apprirent que Viomade et son guide, pourvus de trois chevaux, dont un portoit une tente et des provisions, traversoient déjà la Germanie, et que Viomade, plein de force et de joie, marchoit avec rapidité sous la conduite d'un guide fidèle et intrépide. En effet, Viomade avoit déjà traversé heureusement une partie de la Germanie, quand ils furent tout-à-coup arrêtés par des marais que les pluies d'hiver avoient rendus impraticables; il fallut abandonner la route connue, chercher à travers les forêts. Cet obstacle ralentissoit leur marche; par-tout ils le retrouvoient, et s'égarant dans de nouveaux détours, s'éloignoient au lieu d'avancer. Mais la bise, qui descendue des montagnes du nord, souffle avec fureur dans ces climats voisins du Danube, a glacé ces eaux stagnantes. Viomade propose à son guide de se hasarder sur cette surface solide. Un renard qu'a tué Draguta, et qu'ils dépouillent de la peau dont ils environnent leurs pieds, rend cette entreprise facile; les chevaux seuls les embarrassent; ils craignent de s'en séparer, et 70 n'osent hasarder de les conduire sur la glace qui va se briser sous leurs pieds; ils essaient d'en conduire un qui glisse bientôt, malgré toutes les précautions qu'ils prennent; sa chute brise le fragile appui qui supportoit à peine ses pas; il disparoît sous la glace et s'enfonce sous les eaux. Cette expérience effraye les voyageurs; mais Viomade, qui s'aperçoit que tant de détours l'égarent, se décide à renoncer aux chevaux, qui déjà las, et ne trouvant pour se nourrir que des joncs secs et mal sains, retardent plus leur marche qu'ils ne la favorisent. Appuyés sur leur arc, et les pieds enveloppés de fourrures, ils traversent les marais dont l'étendue est immense. Viomade, chargé comme Draguta des provisions qui leur restoient, a peine à se soutenir; le froid glace ses veines; son cœur palpite, et ses membres s'engourdissent, tandis que Draguta, né sur les bords toujours glacés du Palus, sourit à la foiblesse de son compagnon, et s'élance gaiement de l'autre côté des marais. Viomade, épuisé de fatigue, mourant, et hors d'état de faire un seul pas, arrive long-tems après lui: il se couche un moment sur la terre; mais sentant le froid s'augmenter, craignant de 71 s'abandonner au dangereux sommeil qu'il provoque, et qui n'est d'ordinaire que l'avant-coureur de la mort, il se relève avec effort, rassemble du bois, frappe le caillou qui jaillit en étincelles, et allume un feu brillant qui le réchauffe et redonne à son sang sa circulation. Draguta ne veut point s'en approcher; il semble défier la douleur de l'atteindre, et triompher de la nature. Que votre mère étoit peu prévoyante, disoit-il au brave; que n'a-t-elle eu le courage de la mienne; que ne vous a-t-elle exposé aux glaces des fleuves, au soleil devorant, comme je l'ai été; que ne vous a-t-elle habitué à combattre les monstres des bois, et formé à la lutte, à la course, à l'extrême fatigue: loin d'être accablé comme un foible enfant, vous supporteriez sans les sentir le froid et les maux qui vous accablent. Sans doute, Draguta, reprenoit avec douceur Viomade, mon enfance fut moins exercée que la tienne, et les mœurs, comme l'air de ma patrie, sont différens de ceux dont tu t'enorgueillis; mais songe, ami, que si plus de force arme ton bras, plus d'amitié remplit mon cœur. Tandis que vous égorgez vos blessés, nous secourons nos ennemis mêmes. Pardonne 72 à ces hommes à qui tu dois la vie, une sensibilité dont ils s'honorent, puisqu'elle ne leur dicte que des bienfaits. La vie! reprit Draguta, est-ce un si grand bien que de vivre? Mais n'en sens-tu pas le prix aujourd'hui, que tu t'acquittes envers un ami; que tu me guides, que tu me conduis au bonheur? Ton ame n'est-elle pas émue de l'idée décevante de faire tant d'heureux, de rendre un fils à son père, un roi à ses peuples, un maître à ses serviteurs brûlans de zèle et d'amour pour son prince? Draguta ne répondit rien à ce discours; les provisions furent étalées devant le feu que Viomade entretenoit soigneusement. Un roc creusé par le tems lui offrit un abri pour la nuit; enveloppé d'un manteau, il s'endormit. Draguta, loin de regretter la tente qu'il a laissée avec les chevaux, se jette sans précaution sur la terre humide et dort paisiblement. O Dieu! le méchant peut donc dormir!

Viomade, éveillé par les premiers rayons du jour, quitte sa roche protectrice, non sans remercier la divinité qui y préside, non sans élever jusqu'aux voûtes célestes ses vœux et sa reconnoissance. Un spectacle s'offrit à ses yeux; derrière lui d'immenses 73 forêts; à sa droite et tournant devant lui, paroissoit au loin le Danube, ce fleuve superbe, qui prenant sa source en Souabe, parcourt un territoire de deux cent quarante lieues, et va par plusieurs bouches se jeter dans la mer Noire; ce fleuve qui eut la gloire, entre tous les fleuves, de voir sur ses ondes rivales des mers, plusieurs combats entre les Turcs et les Chrétiens. Le soleil qui se levoit derrière la forêt, n'éclairoit encore que foiblement cette magnifique surface; les oiseaux, que la froidure retenoit cachés dans le creux des rocs ou des troncs des arbres, ne chantoient pas; un silence auguste régnoit sur toute la nature. Viomade seul, dans cette déserte contrée, admire la profonde solitude qui l'environne, et se livre aux méditations animées qui rapprochent l'homme de son créateur. Plongé dans ce songe pieux, il n'a pas vu que Draguta, de retour, prépare le gibier qu'il rapporte de la chasse où il a été avant le réveil de son compagnon. Tiré de sa rêverie par la voix qui l'appelle et l'invite au repas, Viomade rallume les feux éteints, et se prépare à faire cuire les animaux; mais Draguta les dévore sans tant d'apprêts, et Viomade détourne 74 les yeux du repas sanglant de son compagnon. La faim satisfaite, tous deux reposés de leurs fatigues, reprirent leur route entre le Danube et les bois, mais dans un chemin sablonneux, humide et qui s'enfonce à chaque pas. Viomade s'aperçoit avec émotion que cette route devient impraticable, il en avertit son guide; celui-ci l'engage à la continuer jusqu'à une chaîne de montagnes qu'il lui montre: mais la route est encore plus longue; la journée est prête à finir, les provisions consommées, la faim commence à se faire sentir; la soif, besoin dévorant, et plus insupportable encore, brûle et épuise le brave. Eh quoi! se disoit-il à lui-même, la nature met donc des bornes à mon zèle, et je succomberai dans une si grande entreprise! O Hésus! dieu du courage, ranime mes forces abattues, que je meure après le succès! Quelques racines sauvages lui offrent une ressource contre la mort; il les reçoit du ciel comme un bienfait, remercie les dieux, et par de nouveaux efforts, en obtient enfin de pénétrer dans les montagnes du Witoska. Là une source qui s'échappe en cascade du sein d'une roche immense, le désaltère. Draguta s'éloigne et revient 75 chargé d'oiseaux inconnus à son compagnon; un repas, désiré depuis long-tems, calme une partie de ses maux, et Draguta l'assure que derrière ces montagnes, dont ils vont suivre les différentes sinuosités, ils parviendront au but qu'ils se proposent. Cet espoir rend à Viomade un nouveau courage: chargés des restes du repas qu'ils viennent de prendre, ils continuent leur route, et rencontrent encore quelques chèvres sauvages qu'ils tuent à coups de flèches. Les nuits ils se couchoient sur la terre, à l'abri des monts sourcilleux. Ils parvinrent ainsi à une forêt que Draguta sembla reconnoître avec une joie féroce. C'est ici, dit-il, en fixant ses regards sur Viomade. Reposez-vous, ajouta-t-il, dans cette caverne tapissée d'une mousse épaisse, et avant deux jours... Il s'arrête à ces mots, et semble préoccupé d'une idée sinistre. Viomade le regarde avec surprise; une secrète inquiétude saisit son cœur; cependant il s'endort, et d'heureux songes charment son sommeil. Il voit Aboflède s'élever dans une nuée transparente; elle applaudit à sa démarche, et la voix du grand Teutatès l'assure de cette divine protection sans laquelle il n'est point de succès, avec 76 laquelle il n'est point de revers. Ces flatteuses illusions, que lui retrace le réveil, le pénètrent d'une religieuse confiance; et il revoit, plein d'espoir, naître un jour pur, et qui semble répondre par son éclat à la joie dont son cœur est rempli. O divinité de ces monts orgueilleux! dit-il, et vous, Naïade bienfaisante, dont l'onde a rafraîchi mes sens dévorés d'une ardeur douloureuse, recevez l'hommage de ma pieuse reconnoissance. Et toi, Dieu puissant! ame du monde! souverain des airs! ô grand Teutatès, qui dans l'erreur d'un songe, apparut à ce foible mortel indigne de ta divine présence, achève ton ouvrage, rends Childéric à mes vœux, rends-le au père qui l'attend! Draguta paroît prêt à marcher, et lance au brave un coup d'œil de mépris et de haine; il semble qu'en approchant des lieux où il reçut le jour, il en retrouve toute la barbarie; ce n'est plus ce guerrier, jadis si farouche, mais adouci par la reconnoissance; à présent on le prendroit pour un ennemi qui entraîne sa victime. Le bois où ils pénètrent est épais, aucune route n'est frayée, le terrain en est humide, et plus ils avancent, moins il a de solidité. On entend de tous côtés les rugissemens 77 des ours, les hurlemens des loups; quelques oiseaux de proie remplissent l'air de leurs cris aigus, et l'aigle au regard altier, s'abat sur les arbres ébranlés par sa chute. Viomade voit arriver la nuit avec inquiétude, il redoute les monstres des forêts; il ne sait pas que l'homme qui cache un cœur méchant, est alors le plus dangereux ennemi de l'homme et le plus cruel. Pour éviter d'être surpris pendant le sommeil, ils dormiront tour-à-tour, et ils allumeront de grands feux qui écarteront les bêtes féroces. Draguta ayant rassemblé avec le bout de son arc, un amas de feuilles sèches, invite insolemment le brave à s'y coucher et à se livrer au sommeil. Viomade, que le changement qui s'est opéré dans son guide remplit de crainte et de surprise, a peine à trouver le repos. S'il alloit le trahir, le livrer à Clodebaud! Ah! ce ne sont pas les supplices qui l'effrayent, ce n'est pas la mort; l'inquiétude seule du roi, son espoir trompé, sa douleur, voilà ce qui alarme son ame. Ces idées sinistres le poursuivent dans son sommeil; il croit entendre le roi lui redemander son fils, il croit entendre Childéric l'appelant à son secours, il croit voler vers lui, 78 et prêt à l'atteindre, se sentir percé d'une flèche que lui lance Draguta. Ce songe affreux l'agite; la sueur découle de son front; il croit encore arracher de son sein le trait qui le déchire, et s'élancer vers son prince, quand une seconde flèche plus aiguë le blesse de nouveau; la douleur de ce songe l'éveille tout-à-coup, et il se relève animé d'un trouble extraordinaire; il voit devant lui Draguta pâle et en désordre, ses cheveux sont hérissés, son air est celui du repentir; le feu qui brûle devant lui jette sur sa figure une lueur sombre, qui ajoute une expression plus farouche à ses traits. Le barbare avoit promis à Egidius de conduire Viomade dans ces lieux, et là de lui donner la mort. L'instant choisi pour le crime étoit arrivé, et Draguta alloit percer de flèches le cœur du brave, lorsqu'agité par un songe, secret avis de la providence, il avoit prononcé le nom du perfide et s'étoit éveillé. Surpris, le Hun pâlit, et laisse tomber ses armes. Le souvenir des bienfaits de Viomade l'avoit frappé; il eut horreur du sang qu'il alloit répandre, et resta muet et combattu. Viomade s'étonnoit de plus en plus et perdoit sa sécurité; tous deux passent le 79 reste de la nuit en silence, mais sans se livrer au sommeil. Draguta, aux premiers rayons du jour, propose brusquement de partir. Il se lève et marche agité d'un trouble visible; Viomade le suit; l'heure du repas les force à s'arrêter, mais Draguta a l'air rêveur et sombre, il ne mange point. Viomade l'interroge sur le mal qu'il semble éprouver, mais il ne lui répond pas et reprend sa route. Le terrain, constamment humide, devient si fangeux que l'on ne peut plus avancer; Viomade s'arrête et regarde Draguta, dont les traits altérés et inquiets sont loin de le rassurer. Nous ne marchons, lui dit il, vers aucun séjour habitable; tu t'es égaré, Draguta, car me préservent les dieux de t'accuser! reprenons vers la gauche du bois, le chemin paroît plus solide; nous attendrons le jour sous quelqu'abri, et montés sur un arbre élevé, nous chercherons à découvrir la fumée des habitations. Sans écouter la réponse du Hun, Viomade, revenant sur ses pas et tirant vers la gauche, s'avançant avec rapidité, parvint, suivi de Draguta toujours en silence, jusqu'à une petite esplanade où plusieurs chênes verds leur offrent une constante et noire verdure. 80 La lune, astre mystérieux et doux, commençoit alors sa silencieuse carrière, et jettoit sur les sombres bois cet éclat pur et argenté, si cher à l'ame sensible. Viomade, ému par sa beauté, par l'aspect de la voûte des cieux semée d'étoiles, et que parcourt l'astre lumineux, sent s'éteindre ses soupçons; il plaint les maux dont Draguta semble déchiré, et se livre aux plus douces pensées, tandis que le Hun, lassé de ses combats intérieurs, cède à la nature et dort sur la mousse verdâtre. Viomade le considère, prie les dieux d'appaiser les tempêtes de son ame; et tandis qu'il les invoque en faveur de celui qui au fond du cœur médite sa ruine, un loup furieux et affamé s'approche de Draguta et va le dévorer. Viomade saisit son arc et sa flèche, qu'il tenoit près de lui dans la crainte d'être surpris, lance le trait d'une main généreuse et sûre, perce le cœur du monstre, qui tombe et meurt en se débattant aux pieds de Draguta, que le bruit réveille. Le Hun voit le danger et le bienfait; il paroît ému, tend sa main au brave et jette un douloureux soupir; puis le pressant de se reposer, promet de ne plus s'endormir et de le défendre à son tour. 81 Viomade, que le plaisir qui suit une bonne action a rendu au bonheur, accepte son offre, et se livre au sommeil paisible dont jouit la seule vertu. Draguta ne peut plus supporter son sort; il a promis la mort du brave, mais il lui doit la vie une seconde fois, et la voix de la reconnoissance parle à son barbare cœur. Viomade commence à le soupçonner. Doit-il se laisser pénétrer? lui avouer le complot odieux dans lequel il a trempé? Doit-il le ramener en France? tromper l'espoir d'Egidius, manquer à ses promesses et servir l'ennemi triomphant de sa patrie? Draguta hésite: la reconnoissance comme le bienfait, sont de tous les pays, de tous les climats. Le sauvage habitant des déserts, possède même peut-être mieux ces vertus naturelles que l'homme civilisé, et le Hun reconnoît leur empire: tremper ses mains dans le sang de son bienfaiteur n'est plus en sa puissance, son cœur s'y refuse, il a horreur de cette seule pensée. Tu dors, vertueux Viomade, ton ame est en paix, aucune crainte ne la trouble, aucun songe ne l'avertit: tu dors, et le lâche veille autour de toi; il va te trahir sans doute. Ah! prolonge long-tems ce doux sommeil. Il est 82 troublé pourtant; Viomade s'éveille, mais sa belle ame conserve sa sérénité; il voit encore étendu ce loup terrible dont il délivra son guide; il jouit du bonheur de lui avoir sauvé la vie; il se reproche les soupçons dont, depuis quelques jours, il s'est senti agité. Draguta, sans doute, se disoit-il à lui-même, est encore à la chasse, et s'occupe de conserver mes jours, comme j'ai sauvé les siens. O soupçons injustes! sombres et légères vapeurs qui obscurcissez mon ame, fuyez à jamais! Et toi, jeune Draguta, pardonne à l'erreur qui m'a égaré, et puissent les dieux que j'implore pour toi, te payer de tes services et m'acquitter de tes bienfaits! Que la matinée est belle! ajoutoit Viomade; que les arbres verds, et seuls couronnés de leur noire verdure au milieu de ces bois dépouillés, produisent un effet doux et consolateur! De quels dons immenses le ciel n'enrichit-il pas les hommes; pourquoi n'en savent-ils pas mieux jouir? pourquoi, ingrats envers la nature, cruels envers eux-mêmes, cherchent-ils, dans de vains désirs, des regrets et des tourmens, quand ils pourroient être si facilement heureux? Le brave tomba bientôt dans une douce rêverie, s'y 83 abandonna, oublia les heures, et s'aperçut avec inquiétude que celle du retour de Draguta étoit passée depuis long-tems. Il ne lui restoit aucune provision; la faim qu'il éprouvoit ajoutoit à sa crainte. Sans doute, se disoit-il, la chasse l'a entraîné, égaré peut-être: peut-être attaqué de nouveau par quelque monstre, a-t-il succombé? peut-être même a-t-il besoin de mon secours? A ces mots, cédant à l'humanité qui lui parle, et ne lui parle jamais en vain, Viomade se lève et cherche son arc et ses flèches. Mais, ô trahison! ô barbarie! ses armes, sa seule défense, sa seule ressource pour se nourrir; ses armes, dont il vient de se servir pour lui sauver la vie, dont il alloit se servir encore pour le défendre, le cruel les a enlevées! Que reste-t-il au brave dans ce désert, sans armes et sans alimens? que lui reste-t-il? son courage, sa grande ame, ses vertus et sa confiance en la divinité. Avec de tels secours, l'homme s'élève au-dessus de l'infortune; il peut mourir, mais non se laisser accabler; tel est Viomade; il se rasseoit pourtant et délibère avec lui-même; il ne doute plus que Draguta, rendu à la barbarie de sa patrie, à la haine, ne l'ait abandonné à dessein, 84 et loin de tout secours. Mais l'a-t-il aussi trompé sur le sort de Childéric? médidoit-il à Tournay cette action coupable? est-elle le fruit d'un complot raisonné ou d'un mouvement criminel? Voilà ce qu'il ignore, ce qu'il ne peut pas même éclaircir, ce qui trouble son esprit, détruit son espoir, ou du moins le rend incertain. Où va-t-il porter ses pas? Le voilà sans guide dans la solitude, sans interprète parmi les hommes étrangers à sa patrie, et vers lesquels il s'avance, en qui seulement il espère encore! Où trouvera-t-il des ressources contre la faim? il ne découvre aucune racine, il n'entend le bruit d'aucune cascade; le murmure d'aucun ruisseau ne l'invite à venir s'y désaltérer. Malgré la faim qui le presse et l'affoiblit, il quitte promptement son azile, et se livrant au hasard, ou plutôt à la volonté des dieux, il marche à travers les bois, suivant toujours le cours du Danube et remontant vers sa source. Sa faim augmentoit, il craignoit de ne pouvoir vaincre ses souffrances; mais les dieux ne l'ont point abandonné: un arbrisseau couvert de fruits sauvages, et mûris sous les neiges, s'offre à ses yeux. O Mérovée! s'écrie-t-il, en étendant les 85 bras vers l'arbre nourricier; mais il ne connoît point ces fruits; sont-ils amis de l'homme? Est-ce la vie ou la mort qu'il va recevoir? Il hésite; le besoin l'emporte, ses lèvres sont rafraîchies des sucs doux et balsamiques qui sortent en abondance de ces fruits; ils le désaltèrent, le fortifient, et ce secours inattendu semble le présage de plus grands bienfaits. Abandonnera-t-il le buisson couvert encore de cette précieuse richesse? doit-il s'y arrêter et s'épuiser dans une inaction coupable? Non sans doute: Viomade saura et profiter des dons du ciel, et suivre la route qu'il semble lui-même lui indiquer par ses bienfaits. Riche de ce butin inespéré, il marche légèrement et plein de joie: mais tout-à-coup le ciel s'obscurcit; de sombres nuages descendus précipitamment des hautes montagnes du nord, assombrissent les airs; les vents impétueux agitent la cime altière des chênes; une horrible tempête se prépare; en peu de momens l'univers paroît ébranlé: la pluie tombe abondante et glacée, elle forme des ruisseaux qui sillonnent par-tout la forêt, et les cascades éloignées se répandent de tous côtés; la pluie irrite et soulève un torrent déjà furieux, et dont les flots 86 vagabonds et rapides entraînent avec fracas les roches et les arbres qu'ils déracinent. Tout cède à la nature en courroux. Viomade sans abri, les vêtemens percés par la pluie qui tombe avec violence, repoussé par le vent qui souffle avec fureur, sent son ame prête à quitter son enveloppe fragile. O Mérovée! disoit-il, si je succombe, j'aurai combattu; je te dévoue ma vie, mais je la défendrai comme un bien qui t'appartient. Alors, écartant de lui ce désespoir insensé qui n'enfante que le découragement ou l'imprudente témérité, il s'arme d'une forte branche qu'il arrache, s'en sert comme d'un appui, et marche encore à travers les racines des bois et les rameaux enlacés qui embarrassent ses pas et les arrêtent. Le bois semble s'épaissir, le jour baisse de plus en plus, le froid augmente et glace l'eau dont ses vêtemens sont trempés; la ronce rampante s'attache à ses pieds et les déchire; il chancelle et tombe; sa tête frappe sur un tronc d'arbre que l'obscurité ne lui a pas laissé distinguer; il jette un cri douloureux, l'écho le redit aux cavernes, qui le répètent à leur tour, et Viomade s'effraie de sa propre plainte; mais le sang qui coule de sa blessure et la douleur 87 l'ont affoibli; il reste sans mouvement sur la terre. Son évanouissement fut si long, que l'orage étoit déjà passé depuis long-tems, la nuit même étoit entièrement écoulée et le jour dans tout son éclat, quand il r'ouvrit les yeux, reprit ses esprits, le sentiment et la vie. Ce fut lentement et par degrés que Viomade se retraça sa position et ses malheurs. Sa mémoire, quelque tems incertaine, ne lui rappela que peu-à-peu et successivement les faits; mais le sang qui a découlé de son front et baigné la terre, la douleur qu'il éprouve, les épines qui déchirent ses pieds, le désordre qui suit la tempête et dont il voit autour de lui les tristes effets, tout lui peint son isolement et sa détresse. Viomade n'étoit jamais plus grand qu'au comble de l'infortune; jamais il ne croyoit se devoir à lui-même plus de force et de prudence, que lorsqu'il restoit seul: alors, rempli d'audace, il se disputoit au malheur, et plus il en étoit accablé, plus il s'armoit contre lui. Déterminé, il se relève, contemple ces lieux, il s'approche d'un ruisseau qu'a formé la pluie, lave la blessure de son front, cueille des herbes dont il connoît l'usage, en exprime les sucs sur sa plaie, 88 arrache de ses pieds les nombreuses épines qui les blessent, les plonge dans le ruisseau, allume un grand feu, se dépouille entièrement de ses habits, les sèche à la flamme brillante, se réchauffe lui-même, et revêtu de ses vêtemens secs, il recourt à ses fruits, son heureuse fortune, remercie les dieux, et souriant au sort qui lui ménage encore tant de biens, il se rassure et espère.

Reposé de ses fatigues, revenu de ses premières douleurs, Viomade marche encore, et du haut des airs la nuit s'approche, les cieux lui montrent la lune dans toute sa pompe, aucun nuage n'obscurcit de son voile transparent le bel astre qui sort des monts et s'élance majestueusement. Viomade, qu'un nouveau jour éclaire, s'aperçoit avec ravissement que les arbres sont moins rapprochés, que sa marche devient plus facile; il redouble d'ardeur jusqu'au moment, où disparoissant à ses yeux, le flambeau qui l'éclaire cède aux ténèbres des airs. Alors Viomade va s'arrêter, mais il a senti sous ses pieds un chemin battu; s'est-il flatté d'un vain espoir? Il essaie encore quelques pas; est-ce erreur, désir, pressentiment, vérité? Il craint, s'il marche encore, 89 de quitter la trace en laquelle il met dans ce moment tout son bonheur; il attendra que le jour confirme ou détruise une aussi chère espérance. L'aurore paroît à peine à travers l'obscure nuit, elle jette à peine sur la terre ses premiers rayons pâles et incertains, Viomade interroge déjà le sentier qu'il croit avoir découvert. Il répond à ses vœux, et le jour en s'élevant met le comble aux bienfaits de l'aurore: on distingue parfaitement sur le sentier, les pas de l'homme, il conduit sans doute à un séjour habité, et déjà Viomade n'est plus seul: comment peindre sa joie, surtout sa reconnoissance! Il suit avec une douce ivresse les pas dont l'empreinte lui est si chère, il aperçoit sous quelques arbres rapprochés un banc de mousse, elle est foulée à deux places peu distinctes l'une de l'autre, et atteste que deux êtres s'y sont souvent reposés ensemble; à ces traces d'amitié son cœur s'émeut et palpite: Oh! s'écrie-t-il, ici deux amis échangeant leurs plaisirs ou leurs peines, se sont reposés dans une heureuse confiance. Oh! que puis-je craindre dans des lieux consacrés à l'amitié? Arbres, et vous vertes hamadryades, qui présidâtes à leur naissance, et vous jouez 90 dans leurs rameaux; gazons, que l'homme sensible a foulés, non, ce n'est point un étranger qui pénètre dans vos retraites; son cœur est de tous les climats où l'on aime, où l'on est généreux; mais qu'aperçois-je à travers les branches et près de ce ruisseau? une tombe élevée comme le sont celles de ma patrie! approchons. O ciel! une inscription la décore, et elle est écrite dans la même langue que je parle, je lis ces mots:

PLEUREZ LA JEUNE TALAÏS.

Quels événemens semblent m'attendre dans ces lieux, où je découvre déjà tant d'objets d'espoir et de mélancolie? mais je ne veux pas quitter cet asile de la mort, sans l'orner de quelques fleurs telles que me les offrent la saison et ces lieux. Bientôt il découvrit la hâtive primevère, la feuille piquante du houx toujours verd, les grappes du buisson ardent que rougissent les gelées; et formant une guirlande bigarrée, il dépose ce don de la sensibilité sur la froide et dernière demeure de Talaïs. Après avoir satisfait à ce devoir de la douce piété, après avoir adressé à Teutatès la prière funèbre, il suivit de nouveau le sentier qui l'avoit conduit vers 91 la tombe, et qui parut se diviser en deux petites routes bordées de gazon; l'une descendoit dans une vallée sombre et boisée; l'autre conduisoit, en serpentant, sur une petite monticule couronnée d'arbres verds. Viomade, incertain d'abord entre les deux routes, préféra bientôt celle qui conduisoit sur la petite colline si bien cultivée, et d'où il espéroit découvrir quelque habitation; le chemin étoit bordé d'arbrisseaux enlacés, il étoit tortueux et agréable; parvenu sur la cime de cette élévation, Viomade y vit un siége, des fleurs sauvages, enfin tout lui assura qu'une main soigneuse la cultivoit chaque jour; son oreille fut bientôt frappée par les sons d'un instrument qui lui étoit inconnu, et qu'il apprit par la suite être un instrument chinois; il écouta, et fut encore plus surpris, quand il entendit une voix, qui encore forte, quoique déjà cassée par l'âge, chantoit en langue latine, commune à toutes les Gaules comme à l'Italie, ces paroles guerrières:

CHANTS GUERRIERS.

Où sont-ils ces beaux jours de gloire,
Ces jours de force, de valeur, 92
Où digne enfant de la victoire,
Des miens je surpassois l'ardeur?
Pourquoi faut-il de la vieillesse,
Eprouvant la lâche foiblesse,
Loin des combats et des dangers,

N'attendre la mort qu'avec peine,
Et tomber ainsi qu'un vieux chêne
Que déracine un vent léger?

Honneur au héros qui succombe,
Et qui, vainqueur dans les combats,
Descend fièrement vers la tombe
Où la valeur guide ses pas.
Il ne verra point sa vieillesse
Dans une honteuse foiblesse,
Loin de la gloire et du danger,
N'attendre la mort qu'avec peine,
Et tomber ainsi qu'un vieux chêne
Que déracine un vent léger.

LIVRE CINQUIÈME

Tandis que le vieillard chantoit, Viomade qui suivoit sa voix, s'étoit approché et l'examinoit; à son habillement, à ses traits, il reconnut bientôt un des compatriotes de Draguta, succombant sous le poids des années, et réchauffant aux rayons du soleil ses membres glacés. Comment a-t-il pu apprendre la langue inusitée dans sa patrie? sans doute c'est lui qui a gravé l'inscription que vient de lire Viomade; un sentiment confus s'empare de son cœur; cependant il demande avec confiance l'hospitalité. Aux premiers sons de sa voix, le vieillard a frémi, un terrible courroux a enflammé tous ses traits. Qui es-tu? s'écrie le Hun palissant; qui es-tu, ô toi qui osa approcher de la caverne de Gelimer? Viens-tu pour en troubler la paix? viens-tu persécuter un malheureux vieillard que le tems accable, privé de la clarté des cieux et sans défense? Rassurez-vous, reprit Viomade; je suis moi-même un malheureux égaré; la faim me tue; secourez 96 ma misère; accordez-moi un peu de nourriture et quelques heures de repos, ensuite je continuerai ma route. Oh! reprit Gelimer, il fut un tems où la plainte du malheureux parvenoit vîte à mon cœur, où je lui tendois les bras, plein de confiance et d'humanité. Dans ce tems, je ne les connoissois pas encore ces hommes si méchans; ils ne m'avoient point banni de ma patrie comme un criminel, séparé de mon épouse et de mon fils; je n'avois pas, sur une autre terre, retrouvé d'autres barbares. J'avois encore des yeux pour interroger ceux de l'homme, pour lire sur son front, siége de l'ame. Tu me trompes, cruel étranger; ta voix me semble celle des destins, et tes paroles ont l'accent sinistre du chant de mort; oui, tu viens ici conduit par la haine, tu viens me dérober mon trésor! O vieillesse douloureuse! odieuse impuissance! ô rage et désespoir inutiles! A ces mots, Gelimer penche sa tête et paroît accablé de sensations terribles; Viomade respectant sa douleur, en laisse calmer les trop vifs ressentimens. Alors le vieillard reprenant la parole ajouta: Ces lieux sont éloignés de toute habitation, aucune route n'y conduit; comment, malheureux, les as-tu découverts? 97 Parle; quel étoit ton dessein? Ah! si tu es un Franc, si tu viens dans de barbares projets, fuis cruel, fuis la caverne de Gelimer! il recevroit plutôt tous les monstres affamés des bois, qu'un de ces Francs qu'il abhorre. D'où venois-tu, quand tu as parcouru la route ignorée de ma sombre retraite? Pourquoi, comment se peut-il que tu y sois parvenu? que venois-tu y chercher? Hélas! j'aurai confié mes jours et mon bonheur aux entrailles de la terre, et les hommes ne me laisseront pas mourir paisible! J'aurai creusé le sein des rochers pour y cacher mes derniers jours, et leur barbarie viendra m'y poursuivre! Eloigne-toi, te dis-je; ne m'adresse pas des paroles trompeuses; on ne trompe plus Gelimer. Je ne puis m'éloigner, reprit Viomade, décidé à demeurer auprès de cet homme extraordinaire, et à se procurer, par adresse ou par force, une nourriture dont il a besoin, et des renseignemens auxquels il a confiance, sans trop s'en rendre raison. Je ne puis m'éloigner; mes forces sont épuisées par la faim, j'ai perdu mes flèches pendant le dernier orage, et je n'ai pu chasser; j'expire, si tu me refuses des secours; je vais 98 attendre la mort à tes côtés. Oh! cruel, dit Gelimer avec un geste passionné, tu le sais, tu le sais donc que le mortel jeune et bienfaisant doit venir bientôt, qu'il aura pitié de ta peine et horreur de mes refus? Eh bien! puisqu'il le faut, aide-moi à me soulever, et regarde là-bas; en face de ces chênes qu'entoure un banc de mousse, tu dois apercevoir l'entrée d'une caverne dont les arbrisseaux cachent une partie; c'est-là qu'il faut guider mes pas, c'est-là que je t'offrirai la nourriture des sauvages habitans des cavernes et des déserts. Viomade, toujours appuyé sur la branche d'arbre qu'il a arrachée pendant l'orage, soutient les pas chancelans du vieillard, et parvient à une grotte spacieuse et charmante, qu'il trouve remplie de meubles et d'objets inconnus dans ces climats. Sur une table sont des viandes cuites; dans un vase d'une terre argileuse et durcie au feu, il trouve un vin de fruit excellent, des gâteaux faits de différentes sortes d'amandes, du miel et des fruits secs. Viomade s'attendoit peu à des mets si abondans, et qui lui paroissent si étrangers à ces climats; il admiroit l'intérieur de la grotte, que tapissoient les longs rameaux 99 toujours verds du Tuga de Chine, les branches piquantes et ornées de leurs grappes rouges du buisson ardent; un ruisseau limpide traversoit la grotte et murmuroit sur de petits cailloux, légers obstacles qui s'opposent foiblement à son cours et irritent ses flots volontaires; deux cavités pratiquées dans l'enfoncement, renferment deux lits de peaux d'ours: ils sont deux, cela est certain. Viomade excité par une secrète espérance, mêle adroitement à l'expression de la reconnoissance, des témoignages d'étonnement sur la langue que parle Gelimer. Je l'appris, lui répondit le Hun, d'un prisonnier fait devant Cologne, à cette fameuse journée qui coûta tant de sang à ma triste patrie. Ce combat fut le dernier où ma valeur s'est signalée. Hélas! depuis ce tems, enchaîné par la douloureuse vieillesse, inutile à ma patrie, séparé de tous les miens, poids honteux que la terre porte à regret, sans la pitié d'un enfant, j'aurois depuis long-tems succombé, et cette terre qui autrefois m'a vu levé, fier et superbe, auroit reçu mes restes inanimés et abandonnés aux monstres des forêts. O empire du tems! que n'ai-je pu t'échapper par une mort 100 glorieuse au milieu des combats, et avant d'être devenu, de vaillant et robuste, foible et languissant. Viomade qui a recueilli chaque parole du Hun, en a reçu une vie nouvelle; l'espoir remplit son cœur: une secrète inquiétude l'agite, il se lève de table, examine chaque meuble, interroge chaque objet, il sent qu'il a raison d'espérer. Cependant rien ne lui avoit encore répondu; il cherche dans les cavités qui recèlent les couches sauvages; celle qu'il examine d'abord n'offre rien à sa curiosité; il s'approche de la seconde, et tombe à genoux muet de surprise, d'admiration; la joie inonde son ame. Là, suspendu à la roche, il voit le javelot même de Childéric; il n'en croit pas ses yeux seuls, ses mains le détachent, ses lèvres le pressent, et des larmes qu'il ne peut retenir tombent brûlantes sur l'arme sacrée. Les mouvemens de Viomade ont échappé à Gelimer; mais surpris et inquiet du silence qu'observe l'étranger, il lui demande fièrement à quoi il s'occupe, et Viomade rougissant du mensonge qu'il prononce, s'excuse en tremblant sur la fatigue et sur le besoin de sommeil qu'il éprouve. Gelimer lui montre son lit; mais avant qu'il 101 y cherche le repos, il se fait conduire sur le banc de mousse et sous les chênes. Viomade libre de s'abandonner aux pensées qui le ravissent, rentre promptement dans cette grotte où il a trouvé le bonheur; il prend encore ce javelot, signal de sa prochaine félicité; il cherche à découvrir quelque autre objet qui confirme son espoir, mais rien ne se présente à ses yeux. Où est-il, ce fils du roi? pourquoi ne se montre-t-il point encore? Gelimer n'a point fixé l'heure de son retour, il l'attendoit pourtant; mais il tarde trop à l'impatience de Viomade: il ne peut demeurer plus long-tems dans l'inaction, il sort de la grotte et va voler sur les pas du jeune prince; mais s'il s'égare, si en s'éloignant il perdoit l'instant du retour? Ces craintes l'arrêtent, il revient sur ses pas et va s'asseoir près de Gelimer, dont il espère obtenir quelques détails. Mais à son approche le Hun a frissonné, une vive terreur s'est peinte sur son visage, il est demeuré triste et rêveur; revenant à lui: Etranger, dit-il, te voilà reposé, prends dans ma caverne tout ce qui peut t'être nécessaire, prends mon arc et mes flèches, choisis dans tout ce que je possède ce qui peut servir à ton voyage; 102 mais au nom de l'hospitalité même, quitte ces lieux dans l'instant. En vérité, je ne le puis, répondit Viomade; mes pieds sont tellement douloureux, qu'il me seroit impossible de suivre mon chemin. Ah! Gelimer, permettez que je reste encore. Fatal étranger, reprit le vieillard, tu abuses de mon triste sort. O dieux de ma patrie! protégez-moi. Alors s'éloignant de Viomade autant que le permet le banc sur lequel ils sont assis, posant sa tête sur ses mains, il paroît réfléchir profondément. Interrompant tout-à-coup sa rêverie: Quel âge as-tu, dit-il à Viomade? J'ai vu cinquante fois la saison de Mars, reprit le brave. Age terrible, s'écria Gelimer avec violence; âge où l'homme est ennemi cruel de l'homme, où il a déjà perdu sa franchise, sa candeur; où le feu des passions délicieuses ne le brûle plus, où il connoît et jouit de la vengeance, de la rapacité, de l'ambition; âge où encore dans toute sa force, il n'est plus sensible, où tous les secrets mobiles des hommes lui sont connus, où enfin, refroidi par la jouissance, détaché par la réflexion, il cesse d'espérer, parce qu'il a cessé de croire; il cesse d'aimer, parce qu'il n'estime plus; où il cesse 103 d'être heureux, parce que, privé des illusions qui enchantent les premières années de la jeunesse, il marche avec la vérité austère, vers le triste but de la vie. Mais, ô dieux! ajoutoit-il avec une émotion plus douce, et se parlant à lui-même: il ne vient point, celui dont l'approche éloigne de moi les souvenirs déchirans et les noirs soucis, tel qu'un vent léger écarte loin du soleil les sombres nuages; il ne vient pas celui dont la voix douce comme le chant de l'oiseau matinal, réjouit mon cœur, y porte la paix, le réchauffe d'une vive amitié. Tcie, ô mon cher Tcie! où es-tu? O toi! encore aux beaux jours de la candeur et de la bonté, hélas! tu subiras la loi immuable du tems, de ce tems qui détruira tes vertus, comme il altèrera ta beauté; tu seras coupable, tu deviendras vieux. Oh! puisse l'ange de la mort te frapper brillant encore de jeunesse et d'innocence!

Viomade écoutoit cet homme extraordinaire, il s'étonnoit de ses discours; il étoit surpris qu'au fond des bois, il eût acquis une si profonde et si triste connoissance des hommes. Il réfléchissoit sur ce qu'il venoit d'entendre, lorsqu'un léger bruit fixa l'attention 104 du Hun; il se leva et étendit les bras vers le petit monticule avec un mouvement passionné. Viomade jeta les yeux sur l'endroit d'où le bruit partoit; il distingua celui d'une marche rapide qui froissoit les feuilles desséchées, et se sentit l'ame bouleversée; cet instant alloit décider de son sort. Bientôt il voit paroître sur la hauteur un jeune homme d'une figure mâle et douce, ses cheveux blonds et bouclés flottent au gré des vents, son arc et ses flèches sont attachés sur ses épaules; il tient deux louveteaux qu'il vient de dérober à leur mère. La jeunesse dans toute sa fraîcheur brille sur son front et anime ses joues vermeilles; c'est Bélénus lui-même qui se montre aux mortels surpris et charmés. Mais Viomade a déjà reconnu Childéric; le jeune prince, frappé à l'aspect d'un étranger, s'étoit arrêté dans le chemin et l'examinoit; tout-à-coup, jetant les louveteaux dont il est chargé, il s'élance, et plus léger que la flèche qui poursuit et atteint l'oiseau, il tombe dans les bras de Viomade en s'écriant: ô Viomade! ô tendre et fidèle ami de mon père! est-ce bien toi que j'embrasse? ô jour heureux qui te conduit vers nous, qu'il soit à jamais cher 105 et sacré! Le brave, trop ému, ne peut répondre; il a voulu se jeter aux pieds du fils des rois, mais Childéric l'a retenu contre son cœur, et l'amour l'emportant sur le respect, le brave a osé presser dans ses bras vainqueurs et fidèles, celui pour qui ils ont combattu, pour qui ils combattront encore. O Viomade! reprit le prince, rassure-moi promptement: comment se porte la reine et mon père? Hélas! que j'ai dû leur coûter de larmes! Le brave, qui veut éloigner encore le récit de la mort d'Aboflède, répondit: Vous connoissez leur amour, vous devinez leur douleur. Mérovée est toujours le plus grand comme le meilleur des rois. J'en rends grace aux dieux qui le protègent, reprit le prince. Mais pendant cet entretien, que devenoit Gelimer? L'infortuné!... il se livroit à la plus profonde douleur. Childéric s'en aperçut, s'avança vers lui, lui prit la main avec tendresse: ô fils des rois! lui dit Gelimer, tu m'as caché ta naissance; pourquoi? Mon ami, lui répondit Childéric, avant de vous connoître, je craignis d'être livré à Claudebaud; depuis que je vous aime, j'ai cru devoir vous laisser ignorer de quel rang, de quelle fortune je 106 me privois pour vous. Oh! oui, dit Gelimer en l'embrassant, c'étoit bien là ta pensée; ton ame est pure comme le cristal des fontaines; ta bouche n'a jamais proféré le mensonge, la vertu habite ton cœur, un rayon divin t'anime. Ah! tous les hommes naissent bons, ajouta-t-il avec douleur, et se jetant sur son banc de mousse; c'est le tems qui détruit tout.

Viomade, l'heureux Viomade admiroit en silence le jeune et beau prince; on voyoit réunis en lui les traits superbes de Mérovée aux graces d'Aboflède; c'étoit bien le front auguste du roi, ses yeux bleus, altiers et brillans; mais les belles paupières de la reine en voiloient l'éclat, en modéroient l'ardeur; c'est son teint délicat et frais, sa bouche, son délicieux sourire. Childéric a la taille majestueuse du roi, sa marche noble; mais ses mouvemens gracieux et doux rappellent encore Aboflède; il a atteint sa dix-huitième année; il est à cet âge où la beauté s'épanouit chaque jour, où, conservant encore sa fraîcheur et ses graces, l'homme annonce déjà ce qu'il sera dans peu d'années; semblable à la fleur du pommier, qui à peine épanouie, laisse déjà entrevoir le fruit.

107 Les vents du soir commençoient à agiter la cime des arbres, le jour étoit sur son déclin; Childéric offrit à Gelimer de rentrer dans la grotte; il l'y conduisit lui-même, près

de la table où Viomade avoit déjà pris un premier repas; alors Childéric alluma un grand feu devant l'entrée de la caverne, dont il éclairoit et réchauffoit tout l'intérieur; ensuite, ayant couvert la table de différens gibiers et de fruits secs, il se plaça entre Viomade et Gelimer. Ami, dit-il au vieillard, mangez avec nous sans inquiétude; je suis toujours Tcie, le fidèle Tcie. Va, reprit le Hun, je te connois mieux que toi-même, je ne crains rien de toi, ni près de toi; le son de ta voix rafraîchit mon cœur, comme l'eau qui désaltère le voyageur égaré. Près de toi je suis en paix, comme le timide oiseau sous l'aile de sa mère; tu fus le charme de mes yeux, je t'aime avec idolatrie, mais je t'enlève à ton père, au trône. Cher Tcie, voilà à quoi je pense! N'y pensez-pas, mon ami, je vous dois tout; que ce sacrifice est déjà payé! Permettez qu'avant l'heure du sommeil, l'ami de mon père nous raconte comment et par quel événement il a pu parvenir jusqu'à nous. Le Hun y consentit, malgré 108 l'horreur que lui inspire toujours le brave, et la haine qu'il a conçue pour lui.

Viomade commença sa narration au moment où Childéric se présenta à Mérovée devant Cologne; il parla peu de la victoire par égard pour Gelimer, encore moins de la blessure qu'il avoit reçue en sauvant le roi; peignit la douleur de ce tendre père, de la reine, celle de l'armée, la sienne, quand on se fut aperçu de la perte du prince; les soins et les recherches inutiles, la démarche tendrement téméraire de la belle reine, son retour, sa douleur et sa mort. A ce récit, Childéric versa des larmes abondantes; Gelimer en laissa tomber de ses yeux depuis long-tems fermés; il se reprochoit les six années de bonheur dont il avoit joui; tous ces maux étoient son ouvrage, Gelimer le sent et gémit. Viomade reprit son récit, peignit Mérovée souffrant, Egidius aspirant au trône, la trahison de Draguta; enfin, son abandon, la joie qu'il avoit éprouvée en trouvant un chemin, l'hommage qu'il a rendu à la tombe, sa surprise en entendant chanter Gelimer, l'hospitalité qu'il en a reçue. Mais il manqua d'expressions quand il voulut peindre l'émotion que lui avoit 109 causée la vue du javelot qui lui annonçoit son jeune maître; il put encore moins exprimer ce qu'il éprouva à sa vue, ce qu'il éprouve encore de joie et d'amour. On aime les rois, comme on ne peut aimer un homme ordinaire. Il règne autour d'eux une magnificence auguste, un rayon de gloire presque divin. Le cœur se plaît à s'élever avec cet objet qu'il déifie; l'exaltation de ce sentiment, son idolatrie même, ont quelque chose qui entraîne et enflamme; cet amour a un langage particulier, il est plus dévoué, n'ose être tendre, mais il est courageux, intrépide; il sait vaincre, il sait mourir. Tel est Viomade, telles sont les émotions qu'il éprouve, et qu'il n'essaye pas même d'exprimer. Childéric a souvent interrompu son récit; Gelimer s'est tu constamment. L'heure du repos est arrivée; Childéric éteint les feux, ferme la grotte d'une pierre taillée pour cet usage, conduit Gelimer sur la couche sauvage, l'invite au sommeil, lui répète qu'il ne l'abandonnera jamais, et partageant avec son ami son lit de plumes d'oiseaux, et recouvert de peaux d'ours, ils se livrent tous deux au bonheur d'être réunis. Viomade n'eût pas donné l'honneur d'être aussi près de son 110 maître pour toutes les fortunes du monde, et Childéric sent avec joie à ses côtés l'ami de son père. Cependant, ils s'endorment, et le plus profond silence règne dans la grotte.

LIVRE SIXIÈME.

Les rayons du jour pénétroient à peine dans la caverne, que déjà ses trois habitans s'étoient éveillés. Gelimer agité avoit moins dormi que les autres, il sentoit la faute qu'il avoit commise, s'affligeoit; mais il aimoit si tendrement Childéric, qu'il ne pouvoit se repentir d'une action coupable sans doute, mais autorisée par les lois de la guerre. Viomade seul réunissoit son courroux, sa haine, et tout en admirant son dévouement, il voyoit en lui la cause de son malheur; injuste comme la passion, il le charge de son infortune: un grand trouble l'agite, il est peint sur son visage décomposé. Childéric lui reproche ce qu'il prend pour un soupçon qui l'outrage. Moi t'outrager! lui dit Gelimer; ô mon cher Tcie! car tu l'es toujours pour mon cœur, ne sais-tu déjà plus lire dans mon ame? Le prince se jeta dans ses bras, et le conduisit, ainsi que Viomade, sur la colline; là, les bras élevés vers les cieux, ils implorèrent la divinité. 114 Après ce juste hommage, auquel sembloit s'unir toute la nature, ils firent un léger repas, vinrent ensuite s'asseoir sous les chênes, et Childéric commença, à son tour, le récit des événemens qui, depuis six années, le tenoient séparé de son père et de sa patrie. Gelimer appuya tristement sa tête sur ses mains en écoutant, et Viomade, l'œil avide de voir son maître, l'oreille attentive, sembloit avoir son ame suspendue aux lèvres du prince.

Je commencerai comme toi mon récit, dit-il. A la journée de Cologne, mon père, inquiet de ma grande jeunesse, me confia à tes soins, et tu m'éloignas du danger, jusqu'au moment où tu vis le roi entouré; plus prompt que la foudre, tu cours à sa défense, les braves te suivent. Je veux me mêler à eux; le mouvement qui se fit autour de moi, fut si violent et si rapide, que j'en fus renversé; foulé aux pieds, je m'évanouis, et j'ignore ce que je devins, jusqu'à l'instant où je repris mes esprits. C'étoit au milieu de la nuit, elle étoit calme, le ciel étincelloit du feu des étoiles, et je me sentis dans une petite barque qui voguoit légèrement sur le fleuve. Le bruit des rames, cette barque, objet qui 115 m'étoit encore inconnu, le spectacle qui s'offroit pour la première fois à ma curiosité enfantine, me causèrent une innocente joie: cependant je demandai où j'allois, avec qui j'étois; une voix étrangère me répondit dans une langue que je n'entendis pas: on me présenta du pain, des fruits, j'acceptai gaiement sans m'inquiéter. Cependant le lever du jour me faisant apercevoir que j'étois avec un de nos ennemis, et que j'abordois sur une rive opposée à la notre, je conçus quelques alarmes, et conjurai mon guide de me ramener. Je vis avec joie que je n'avois pas perdu mon javelot, et que le Hun qui étoit avec moi ne s'en étoit point emparé; j'en conclus qu'il n'étoit point méchant, et quand nous fûmes débarqués, voyant qu'il ne m'entendoit pas, je me jetai à genoux, en lui faisant signe de me ramener; je lui montrai le ciel comme récompense, mon cœur comme reconnoissant; je lui offris une pièce d'or, en lui faisant entendre que mon père lui en donneroit beaucoup. Il secoua la tête, je compris qu'il me refusoit, je me mis à pleurer; il parut ému, me tendit les bras. Je m'y jetai tout en pleurs, je le caressai d'un air suppliant, il détourna 116 la tête, je vis qu'il hésitoit; je joignis les mains; il me regarda un moment, puis comme triomphant de sa propre émotion, m'entraîna avec rapidité loin de la rive. Ce Hun étoit le même vieillard que tu vois sous tes yeux; mais avant de continuer cette narration, je veux te faire connoître, ami, ses aventures, quoiqu'il ne me les ait confiées que plus de deux ans après notre arrivée dans ces lieux.

Gelimer est Hun d'origine; sa nation, long-tems voisine des Chinois, fit de fréquentes incursions sur leur territoire, plusieurs familles même se divisèrent, et tandis qu'une partie demeuroit attachée aux Huns, l'autre s'allioit aux Chinois, et s'établissoit dans leur pays. Ainsi s'étoit divisée la famille de Gelimer; son père même avoit été mandarin et favori de l'empereur. Gelimer s'étoit marié à Pékin; il étoit père d'un fils encore en bas âge, quand la dynastie venant à changer, il passa de l'état le plus doux et le plus fait pour son ame tendre, à l'état le plus cruel, à l'isolement le plus affreux. Pardonnez, mon ami, dit en l'interrompant Childéric à Gelimer, si je vous rappelle dans ce moment de douloureux souvenirs; mais je 117 ne puis laisser ignorer à Viomade les vertus et les malheurs de celui que j'honore et que j'aime.

Le père de Gelimer devoit de fortes sommes au dernier empereur, qui lui avoit dit plusieurs fois qu'il les lui abandonnoit, et il en avoit disposé; son successeur, déjà prévenu contre le favori, exigea si promptement le remboursement de ces sommes, que le vieillard ne put y satisfaire; il fut d'après la loi condamné au bannissement, hors de la grande muraille qui sépare la Chine de la Tartarie. Un jugement si terrible ôta au père de Gelimer tout son courage déjà affoibli par les années; sa santé s'altéra, et l'approche du jour marqué pour son arrêt, le jetoit dans le désespoir. Gelimer ne put sans être ému et entraîné, voir couler les larmes de son père; il courut réclamer l'indulgente modification, qui permet en Chine l'échange du fils lorsqu'il s'offre volontairement pour subir la condamnation infligée à son père; cette faveur terrible lui fut accordée. Séparé d'une épouse qu'il adoroit, d'un fils qui venoit par sa naissance de resserrer d'aussi doux nœuds, et qu'il ne pouvoit entraîner l'un et l'autre dans les fatigues, 118 la honte et la misère auxquelles il s'étoit condamné, il vit arriver l'instant de consommer son sacrifice. Conduit en coupable au-delà de la grande muraille, il sentit renaître toutes ses forces en pensant à son père; dépouillé de tous ses biens, séparé de tout ce qu'il aime, il emportoit cependant un trésor au fond de son cœur, le sentiment sublime de l'action magnanime qu'il venoit de faire, l'approbation de sa conscience! Rejeté de sa vraie patrie, car c'est où l'homme est fils, époux et père, c'est là où il a formé tous les doux liens de la nature et de l'amour, qu'il a une patrie chère à son ame, errant dans les vastes déserts de la Tartarie, il s'abandonnoit alors à des regrets trop justes pour n'être pas excusés. Cependant, relevant son ame abattue, se sentant fier de lui-même, il eut honte de son désespoir, et prenant le chemin qu'avoient jadis choisi ses aïeux, il suivit les bords du Jaïck, ceux du Palus-Méotides, et enfin se réunit à la partie de sa famille qui servoit sous les ordres d'Attila: il lui offrit son bras, qui fut accepté. Mais la barbarie de ce peuple indignoit la grande ame d'un disciple de Confucius: le meurtre de Bleda, frère d'Attila, 119 lui fit horreur; il gémissoit de ne pouvoir faire passer au cœur de ses frères une étincelle de ce feu pur qui le brûloit. Fatigué des hommes, dégoûté de la vie, il chercha une retraite qui leur fût inconnue; il découvrit cette grotte, à laquelle il travailla avec soin; il venoit s'y dérober aux regards, quand, l'ame trop oppressée, il avoit besoin d'être seul avec son Dieu et son cœur; calmé par la méditation, il retournoit combattre pour sa patrie, jusqu'au moment où redevenu inutile, il pouvoit se dérober à elle sans lâcheté et sans ingratitude. C'étoit ici qu'il pensoit à son épouse bien-aimée, à son fils, qu'il faisoit ses meubles, ses instrumens sonores qu'il mêloit aux sons de sa voix; c'étoit ici qu'il suivoit sa religion, s'attachoit à ses principes, s'encourageoit contre les souffrances. Mais sa raison, sa piété, sa force, ne purent l'armer contre la crainte de la vieillesse abhorée des Huns: il ne pouvoit sans frémir se figurer cette époque de la vie, où déjà malheureux par les souffrances, il seroit encore méprisé et abandonné par les hommes, où foible et ayant besoin de secours, il seroit livré à lui-même et en opprobre à sa patrie. En Chine, il étoit 120 père; dans ce pays, l'amour filial égale presque l'amour paternel; dans ce pays, l'adoption répare les erreurs de la nature, et donne au père généreux un fils sensible et tendre: mais chez les Huns barbares l'adoption ne sauve pas des cruautés, auxquelles même condamne la paternité. Insensiblement Gelimer vit s'altérer sa santé et son noble caractère; réduit à ne rien aimer, et possédant une ame de feu, il en étoit dévoré; cet asile lui devint plus cher, et la vieillesse l'inquiéta davantage. Sa religion lui défendoit de recourir à une mort volontaire; il courut la chercher dans les combats, et ne put y rencontrer que la gloire. Le tems fuyoit à pas précipités, sa marche rapide effrayoit Gelimer, et la tristesse de son cœur ajoutant au poids des années, on lui déclara, lors de la bataille de Cologne, que ce seroit le dernier jour qu'il auroit l'honneur de se mêler aux guerriers. C'étoit la seconde fois que les hommes jugeoient Gelimer, et la seconde fois qu'ils se montroient cruels et injustes. Son ame vive, expansive et tendre, en fut révoltée; elle se ferma à son tour à la douce pitié qu'elle n'avoit jamais pu attirer à elle, il se promit de devenir féroce, et s'élança 121 dans la mêlée, plein d'une rage qu'il perdit en m'apercevant évanoui, prêt à être écrasé sous les nombreux chariots qui suivoient et embarrassoient notre armée: l'aspect de mes dangers détruisit toutes les résolutions de sa colère; plein d'une tendre compassion, il me souleva, m'entraîna hors de la mêlée, et me donna des secours. Un sentiment généreux l'avoit seul inspiré, un sentiment personnel, un retour sur lui-même lui succéda; il m'avoit vu abandonné et ne soupçonnoit guère que cet enfant, laissé sans secours sur le champ de bataille, étoit le fils du grand Mérovée. Une idée subite s'éleva dans son cœur, il y céda promptement, craignant ou, que reprenant mes sens, je ne refusasse de le suivre, ou que je ne fusse réclamé; telle fut la pensée qui le décida à s'embarquer avec moi à la hâte; il se proposoit de m'aimer, de retrouver en moi tous les objets de sa tendresse, de m'asservir d'abord, de m'enchaîner après par le sentiment. Toutes ces idées vinrent en foule s'offrir à son cœur, elles l'enivrèrent d'une délicieuse félicité; il renonça dès-lors à sa seconde patrie, au monde entier, et résolut de vivre avec moi dans cette grotte; il en 122 prit la route secrète, m'entraînant à sa suite, soit en me montrant quelque objet nouveau, soit en me faisant entendre que si je l'abandonnois, je mourrois de faim, soit en prenant un air farouche, soit en me tendant les bras: la nuit, il me couchoit sur sa poitrine pour me garantir de l'humidité. Nous parvînmes ainsi à un souterrain; je ne voulois pas y entrer, parce qu'il étoit obscur; mais Gelimer, ayant frappé des cailloux et fait du feu, alluma une branche de pin qu'il venoit de couper, et marcha devant moi; je le suivis sans répugnance, et après avoir marché long-tems ainsi éclairés, nous nous arrêtâmes; il me donna à manger des œufs d'oiseaux, que j'aimois beaucoup, quelques fruits, et je m'endormis dans ses bras comme à l'ordinaire; mais quelle fut ma douleur le lendemain en me trouvant dans l'obscurité! je poussai des cris affreux. Gelimer me caressa, m'encouragea de la voix, reprit la route en me tenant par la main; mais je n'étois point rassuré. Nous dormîmes encore une fois dans ce souterrain; mon sommeil fut si agité, que Gelimer, qui me sentit brûlant, se décida à hâter notre marche, et à m'arracher promptement de ce séjour malsain, 123 et qui lui parut altérer ma santé. Il m'a dit depuis que jamais il n'avoit autant souffert que cette nuit, en me voyant si inquiet, sentant sa poitrine baignée de mes pleurs, ma tête brûlante, il croyoit déjà me voir tomber mourant dans ses bras. Son cœur étoit déchiré, il s'affligeoit immodérément. Nous reprîmes notre route, il voulut me porter sur ses épaules, je ne le voulus pas, et je m'obstinai à marcher; mais bientôt quelle fut ma joie, quand j'aperçus une vive clarté paroître à l'extrémité du souterrain; j'oubliai tout-à-coup mes chagrins, mes maux, mes alarmes, et courant vers l'endroit que le jour m'indiquoit, je sortis avec une joie inexprimable de cette retraite des ténèbres, et me trouvai dans une prairie délicieuse, toute couverte de fleurs: les gouttes de rosée suspendues aux feuilles, aux brins d'herbes, aux différentes plantes des prés, brilloient de mille couleurs qu'elles recevoient du soleil; des chèvres bondissoient, mille oiseaux chantoient dans les airs: aussi innocent qu'eux même, j'avois retrouvé toute l'insouciance de mon âge, sa gaieté, sa joie; les chagrins et ma nuit étoient à un siècle de moi; je ne me 124 lassois point d'admirer le jour et les lieux charmans qui m'environnoient; j'apercevois de loin un grand fleuve, je crus revoir le Rhin, revenir dans ma patrie, et retrouver bientôt ma mère et le roi. Gelimer jouissoit de ma joie, de ma santé, et me regardoit avec l'expression de la tendresse; j'entendois ses regards: le sentiment sait toujours s'exprimer quand il est vrai, l'ame parle à l'ame, et si l'homme n'étoit que bienfaisance et qu'amour, comme sans doute ce fut sa première destinée, il eût pu se passer du langage. Nous restâmes tout le jour dans le lieu que j'aimois tant; le lendemain je le quittai avec regret; nous marchâmes encore deux jours dans les bois, et nous parvînmes le troisième dans cette grotte, que je trouvai délicieuse. J'étois extrêmement fatigué; Gelimer tira d'une des cavités un vase rempli de vin, de fruits secs; il avoit tué plusieurs animaux à coups de flèches, il les fit cuire, et ayant paîtri une farine qu'il prit dans un vase de la même matière que celui qui contenoit le vin, il fit un espèce de gâteau; tous ces apprêts m'amusèrent beaucoup. Gelimer me fit coucher sur un lit qui se trouvoit dans 125 une autre cavité; je dormis profondément; le lendemain il me fit baigner dans ma jolie fontaine, me mena à la chasse, et cette vie active et nouvelle m'enchantoit. Je n'oubliois pourtant ni ma mère, ni le roi, ni la

France; me confiant en leur amour, je m'attendois chaque jour à voir arriver quelqu'un pour me chercher, et j'attendois sans impatience, sûr de leurs soins et de leur tendresse. Gelimer ne me laissoit jamais sortir sans lui, mais il étoit d'une complaisance infatiguable; il avoit appris à m'entendre avec une étonnante facilité, ses progrès étoient pour moi une source de plaisirs toujours nouveaux; j'attendois impatiemment qu'il pût me parler, et avant l'hiver j'eus cette satisfaction. Le changement qu'opéra cette saison ne fut pour moi qu'une variété de plaisirs. Gelimer m'avoit enseigné sa langue en apprenant la mienne, et je parlois indifféremment l'une et l'autre. Comme nous ne sortions que rarement, et seulement pour quelques heures, il profita des longues soirées pour m'apprendre à faire différens meubles, des flèches d'un bois dur et qui supplée au fer, des vases d'argile; il m'enseigna à cultiver des plantes qui fleurissent 126 dans l'hiver, à jouer d'un instrument bizarre et sonore, que j'aimois beaucoup. Il me nomma Tcie, nom chinois, qui veut dire réunion, mélange, parce qu'il trouvoit en moi différens objets qui lui étoient chers. Le printems nous rendit nos premiers plaisirs. Gelimer étoit, quoique âgé, encore léger à la course, adroit à la chasse; mais il ne vouloit pas me confier son arc, et malgré mes prières, il ne me laissoit ni chasser ni sortir sans lui. Je voyois qu'il craignoit de me perdre, et se faisoit un bonheur de me conserver près de lui; je riois en moi-même de cette pensée, car je m'attendois toujours à voir arriver un des braves de mon père: je t'attendois surtout, mon cher Viomade, et souvent même dans mes songes, je croyois te voir, t'entendre, partir avec toi, et m'élancer dans les bras de mon père; je croyois couvrir de mes tendres baisers les mains de la reine, et me retrouver au milieu de vous. Gelimer, qui avoit rapporté de la Chine de grandes connoissances en agriculture, m'apprit à multiplier les fleurs du printems, les grains et les fruits de l'automne; il ne borna point à ces légères instructions les leçons qu'il me donna, il m'enseigna à connoître 127 le cours des astres, la forme et la description de la terre, les maximes de Confucius; je lui communiquois ce que j'avois appris du sage Diticas; il admira sa morale, sa religion: sous d'autres noms il adoroit les mêmes dieux que moi, chérissoit et honoroit surtout la vertu, et s'efforçoit d'en remplir mon jeune cœur. Je répondois à ses soins, le tems s'écouloit sans que je m'en aperçusse, je grandissois; l'air, l'exercice, une nourriture frugale, des jours sereins, tout contribuoit à ma santé; et lorsque plus pressé de vous revoir, un léger nuage de tristesse obscurcissoit mes traits, Gelimer l'effaçoit promptement en m'enseignant une chose nouvelle, qui s'emparoit tout-à-la fois de mon tems et de mes pensées. Cependant mon ami devenoit triste, languissant, il s'affoiblissoit, je m'affligeois de ses souffrances, je cherchois à les adoucir; je le questionnois sur ce qui pouvoit les causer.

Une belle matinée de printems, après avoir salué l'aurore, invoqué les dieux, respiré l'air parfumé des bois, je conjurai Gelimer, que j'entendois soupirer, de m'ouvrir son cœur; nous nous assîmes sur ce même banc de mousse. Tcie, me dit le sage 128 vieillard, m'aimes-tu? Je le lui jurai. Sais-tu bien que je t'ai sauvé la vie? tu périssois sans moi sous des chariots prêts à t'écraser... Je ne l'avois pas oublié, et je lui témoignai ma reconnoissance. Eh bien! me dit-il, je vais te dire tous mes secrets; mais une promesse encore, et je te rends ta liberté, je te donnerai mes armes, tu seras plus maître dans ma caverne que moi-même; tout ce que j'ai t'appartiendra; loin de me devoir encore de la reconnoissance, c'est moi qu'elle engagera à jamais. Jure moi sur l'honneur, serment si sacré dans ta patrie, jure moi à la face du ciel qui t'éclaire, de ne point m'abandonner, de protéger mes derniers jours, de me laisser mourir dans cette grotte paisible, et lorsque mon ame s'envolant vers les cieux, ou s'emparant d'un autre corps, aura quitté sa demeure passagère, promets moi d'ensevelir ma dépouille mortelle dans cette même grotte où je t'ai prodigué tant de soins. J'hésitois à prendre un tel engagement; j'avois toujours conservé le vague espoir de retourner dans ma patrie, j'allois pour ainsi dire y renoncer, j'étois ému, attendri; mais je me taisois. Eh quoi! cher Tcie, reprit Gelimer, pourrois-tu m'abandonner vieux 129 et mourant, et me refuser quelques-uns de ces nombreux instans que te prépare la nature? A peine aux portes de la vie, une longue carrière est devant toi, tandis que je touche à ma dernière heure; bouton naissant, tu vas croître encore plus d'un printems avant de fleurir, et moi, déjà flétri, je suis penché vers la terre; demain je tomberai, demain on dira de Gelimer: Il a vécu; et j'aurai disparu comme mes ancêtres. O enfant digne d'amour! prends pitié de ma dernière heure; déjà mes yeux commencent à se fermer à la clarté du jour, déjà un voile épais s'étend pour moi sur toute la nature; ah! veux-tu donc m'abandonner! Il dit, et tendit vers moi ses mains tremblantes, quelques larmes tombèrent de ses yeux: c'en étoit trop, je me jetai à genoux, et m'écriai! O dieux! qui punissez le parjure, recevez le serment que je fais d'aimer, de servir Gelimer, et de n'abandonner ces lieux que lorsqu'il sera endormi du sommeil éternel. Gelimer me serra dans ses bras, me pressa sur son cœur, je lui rendis ses caresses. Ce jour fut un jour bien intéressant pour tous deux. Gelimer, sans crainte pour l'avenir, venoit d'acquérir un fils, et moi je venois 130 d'assurer son bonheur. Bientôt après, il me fit part de sa naissance, et du sacrifice qu'il avoit fait à son père; enfin de tout ce que je vous ai raconté. Il m'avoua qu'après m'avoir secouru, le désir d'échapper aux lois barbares des Huns, le besoin surtout d'aimer encore, l'avoient décidé à s'emparer de moi; j'admirai son dévouement, l'essor de sa vertu éleva mon ame, je fus heureux d'embellir les jours d'un fils généreux, de consoler sa vieillesse. Il me demanda alors qui étoit mon père; jamais il ne m'avoit fait cette question, il craignoit trop de me rendre à cette idée. Je lui répondis que je devois la vie à un grand guerrier, et que je le priois de ne plus m'en rappeler le souvenir. Il se soumit, me donna un arc, des flèches, vint encore quelques fois à la chasse, plus souvent m'y laissa aller seul, et enfin n'y vint plus du tout. A force de m'exercer, mon adresse surpassa mon espérance; j'atteignois l'oiseau dans son vol, et à la course tous les animaux les plus agiles. Le soir, Gelimer continuoit à m'instruire de l'histoire des hommes, j'écoutois surtout celle des rois, la chute de Rome, la destruction des empires, les grands changemens de dominations, 131 tous les effets immenses du génie souvent d'un seul homme, frappoient mon cœur: combien, sans se douter qu'il me parloit de mon père, Gelimer me vanta le courage et la sagesse de Mérovée! Ces entretiens chaque jour me plaisoient d'avantage; mais en revenant de la chasse une belle soirée d'automne, je trouvai Gelimer assis devant la grotte, et dans une attitude mélancolique; il me parut frappé d'une grande douleur; alarmé, je me précipitai vers lui: Qu'avez-vous, mon ami, lui dis je? O Tcie! me répondit-il, je ne verrai plus ce soleil, les fleurs ni la verdure; je ne verrai plus ton riant visage, plus doux pour moi que le printems dans toute sa pompe; c'en est fait, d'épaisses, d'éternelles ténèbres enveloppent Gelimer, je suis aveugle! Un cri m'échappa, je m'attendois chaque jour à cette nouvelle, et pourtant elle m'atteignit au cœur. Depuis ce jour, Gelimer fut l'objet de mes plus tendres soins, de mon culte, de ma vive amitié. Je l'aimai avec excès, je craignois de m'en éloigner, je ne chassois que pour nous nourrir; j'aurois juré dès-lors de ne jamais le quitter, si déjà je n'en eusse fait le serment. Il redevint calme enfin, je le consolai, 132 et au bout de quelques mois, il s'étoit accoutumé à son sort. Mais, ajouta le prince, ce récit a r'ouvert toutes les blessures de mon ami. Interrompons-nous ici, il est tems d'ailleurs de nous reposer; ce qui me reste à dire, renferme un triste événement qui a troublé la paix de mes jours; demain je vous raconterai cette douloureuse histoire, demain nous donnerons des pleurs à la jeune Talaïs. Ce soir, retirons-nous, et cherchons à oublier dans un doux sommeil les sombres idées qu'a fait naître mon récit. O mon ami! disoit-il à Gelimer, chassez l'inquiétude empreinte sur votre front, ne gémissez point comme le font les infortunés, Childéric n'est point un parjure, et tous les trônes du monde ne peuvent le séduire ni changer son cœur. Gelimer poussa un profond soupir, et s'appuya sur le bras du prince; ils rentrèrent dans la grotte, éclairée comme la veille. Viomade regardoit avec respect le sensible Gelimer; il admiroit les soins que Childéric prenoit, soit pour rassurer son ame troublée, soit pour lui servir de guide, le nourrir, veiller sur ses jours. Cependant le serment qu'avoit prononcé le prince l'alarmoit, il ne peut le trahir; Gelimer consentiroit-il 133 volontairement à se séparer de ce dernier objet de tendresse? Viomade ne peut le croire, il s'inquiète et n'ose exprimer son inquiétude. Gelimer, plus tourmenté par ses pensées, se taisoit également: Childéric seul ne dissimuloit rien; et soit que le souvenir d'Aboflède excitât sa tristesse, soit que la gloire dont s'étoit couvert Mérovée exaltât son ame, soit que l'ambition et l'audace d'Egidius l'enflamassent de courroux, soit qu'il parlât de sa tendresse pour Gelimer, de la joie qu'il éprouvoit d'avoir retrouvé Viomade, son cœur l'inspiroit; la vérité toute entière s'en échappoit, se peignoit sur son visage charmant, et donnoit à sa voix mélodieuse un accent plus persuasif. Après le repas, ayant fermé la grotte, et conduit Gelimer sur sa couche, Childéric et le brave se retirèrent de leur côté. Gelimer passa la nuit dans la plus terrible agitation; il chérissoit trop ardemment Childéric pour lui enlever plus long-tems le rang suprême où l'appeloit la destinée; il n'aimoit pourtant plus le monde, et n'estimoit plus les hommes; mais Childéric étoit dans l'âge des riantes pensées, des délicieuses espérances; les plaisirs alloient l'environner, l'enivrer, 134 le ravir. Ces instans passagers dédommagent l'homme des pleurs de l'enfance, de la prévoyante inquiétude de l'âge mur, de l'infirme vieillesse, de la douloureuse mort. Doit-il lui enlever sa part des biens de la terre, et ne lui en laisser que les maux? mais peut-il vivre sans Childéric! Ces combats le déchirent, sa belle ame ne peut encore se résigner.

LIVRE SEPTIÈME.

Childéric s'étoit levé dès le point du jour pour aller à la chasse, car les provisions alloient manquer; il avoit défendu à Viomade de le suivre. Le chagrin qu'éprouvoit Gelimer l'affligeoit, il ne voulut pas le laisser seul, et recommanda au brave de ne point s'éloigner de son vieil ami, de pourvoir à ses besoins, sur-tout de ne lui rien dire qui pût exciter sa tristesse. Songe que je l'aime, disoit ce prince; que sa peine est ma peine, que le rendre malheureux, c'est me déchirer le cœur. Viomade promit d'obéir aux ordres du prince, celui-ci s'éloigna doucement pour ne pas troubler le repos de Gelimer, qui s'étoit endormi depuis quelques momens. Viomade attendit silencieusement son réveil; mais Gelimer jeta un cri d'effroi en le reconnoissant. Où est Childéric? dit-il, avec impétuosité; où est-il? A la chasse, reprit Viomade; il m'a ordonné de rester près de vous jusqu'à son retour. Gelimer parut frappé d'une vive douleur; mais revenant 138 à lui, et étendant les bras avec passion, il s'écria: Oh! pardonne, ô toi! dont l'ame est innocente; ô toi! l'ange tutélaire de mes jours, pardonne au soupçon injurieux qui vient de s'élever dans mon cœur. Ah! je l'abjure; et plein de confiance, je t'aime et t'admire. Alors le vieillard quitta sa couche; Viomade lui présenta le repas que Childéric lui avoit préparé; il le repoussa, sortit de la grotte, se plaça sous les chênes, et tomba dans une sombre rêverie, dont rien ne put le tirer. En vain on l'auroit entrepris, ses idées s'étoient emparées de toutes ses facultés; il parloit avec lui-même, se répondoit, s'accusoit de foiblesse, cherchoit à ranimer l'étincelle de générosité qu'il sentoit dans son cœur; mais l'amour de la vie, la crainte de perdre ce qu'il aimoit, le faisoit retomber dans ses premières perplexités. Childéric ne se fit pas long-tems attendre, il revint chargé de différens gibiers. A son approche, le front sourcilleux de Gelimer s'épanouit, le sourire reparut sur ses lèvres, le bonheur rentra dans son ame. Les soins qu'exigeoient les provisions achevèrent d'employer la matinée; le jour étoit froid et pluvieux: cependant l'hiver 139 étoit écoulé, et le printems alloit prendre lentement sa place, réparer ses ravages, et préparer les fleurs de l'été, les fruits de l'automne. Il fallut passer dans la grotte cette journée destinée à terminer le récit de Childéric: après le repas, il commença en ces termes.

J'étois depuis quatre années dans ce séjour, et rien n'avoit troublé le cours paisible de ma vie; les leçons de Gelimer avoient fortifié mon ame contre mes secrets chagrins; je m'affligeois pourtant de l'abandon dans lequel me laissoit le roi; je songeois aux larmes que répandoit sans doute ma mère; ma pensée, plus formée, me retraçoit mieux mes malheurs; mais j'avois aussi plus d'attachement pour Gelimer, plus de respect, et mes sermens me sembloient chaque jour plus sacrés. Loin de renoncer à ma patrie, je me peignois le moment où privé de mon ami, fuyant des lieux qu'il auroit cessé de me rendre chers, je volerois dans les bras de mon père. Cette pensée donnoit le change à mes désirs; heureux du présent, sûr de l'avenir, je me livrois à l'étude et à la chasse, sans négliger mes plantes, mon chemin, mes bancs de mousse, notre colline, et les 140 soins plus utiles à notre subsistance. En chassant j'avois poursuivi près d'une journée un oiseau qui m'étoit inconnu, et que je n'avois pu atteindre; il m'avoit mené si loin, que je craignis de ne pouvoir retrouver la grotte avant la nuit; je me reprochai mon étourderie en pensant à Gelimer, à ses inquiétudes, à l'abandon où je l'avois laissé; et quoiqu'accablé de fatigue, je me condamnai moi-même à le rejoindre à quelque prix que ce fût. En vain je me hâtai, il étoit nuit quand j'arrivai, et j'entendis de loin l'instrument chinois que vous connoissez; Gelimer, qui me croyoit égaré, faisoit retentir les airs de ces sons, pour qu'ils me servissent de guide dans l'obscurité; j'arrivai hors d'haleine, ne pouvant plus me soutenir, et je tombai dans les bras de mon ami en m'accusant d'imprudence, en le suppliant de me pardonner; il m'embrassa tendrement, ne se plaignit point, m'invita au repos. Je lui contai pourtant mon aventure; après quoi nous nous mîmes à table, et la nuit je dormis profondément; le lendemain je ne le quittai point, mais il exigea que je reprisse mes exercices, me promit de ne plus s'inquiéter de mes absences prolongées; je promis de 141 mon côté de ne plus m'écarter. Cependant la partie du bois que j'avois découverte dans ma dernière chasse m'avoit parue charmante, elle entouroit un beau lac dont les eaux paisibles offroient une pêche facile. Ce nouvel amusement me plût beaucoup, et tandis que je m'en occupois, je remarquai qu'un jeune homme, du moins je le crus d'abord, m'examinoit attentivement, et qu'il me suivit quand je m'éloignai; c'étoit une heureuse rencontre pour moi que celle d'un compagnon de mon âge; je résolus de retourner au lac et de m'approcher de lui quand il me suivroit; mais dès que je marchai vers lui, il s'enfuit rapidement, et le lendemain il en fit autant. Chaque jour je retrouvois le jeune chasseur qui m'évitoit en me cherchant, et je crus à sa taille, à sa couronne de fleurs dont depuis peu il ornoit sa chevelure, que ce n'étoit point un homme, mais une femme. J'eusse mieux aimé d'abord un compagnon de mon sexe; il me sembloit que, plus fort et plus agile, il partageroit mieux mes plaisirs; bientôt l'idée d'une femme me parut plus douce; mais surpris de son empressement à me suivre et à me fuir, je n'essayai point de la poursuivre, comme elle m'a dit 142 depuis qu'elle l'avoit espéré. Lassé même de cette singularité, craignant de me laisser encore entraîner et d'inquiéter Gelimer, je n'allai plus au lac, je renonçai à mon nouveau plaisir, et ne m'occupai que de ma chasse. Mon indifférence l'emporta sur la ruse de la jeune fille; ne me voyant plus vers le lac, elle me chercha dans les bois, et m'ayant rencontré, elle s'avança vers moi en souriant. Elle étoit vêtue d'un habit de toile de coton d'une couleur éclatante, son corsage laissoit voir ses bras, ses épaules et son sein, ses cheveux noirs et frisés étoient mêlés de feuillages et de fleurs, ses jambes et ses pieds étoient nuds. Son teint étoit brun et animé de vives couleurs; ses yeux extrêmement noirs, ardens, et son regard audacieux, sa bouche grande, ses dents blanches et bien rangées: telle étoit Talaïs; c'est ainsi que j'appris d'elle-même qu'elle s'appeloit. Hélas! pour son malheur, l'infortunée m'avoit aperçu près de ce lac, où elle cherchoit des perles qui y sont abondantes; ma chevelure blonde l'avoit frappée, elle m'avoit suivi, entraînée par sa curiosité. Depuis elle m'avoit revu, et si elle avoit fui, c'étoit pour m'attirer jusqu'à son habitation; mais ne pouvant me 143 décider à la suivre, elle étoit venue, disoit-elle, pour me voir. Elle parloit le même langage que Gelimer m'avoit enseigné; je l'entendis donc sans peine, je lui répondis également. L'expression de ses traits me parut vive et hardie. Talaïs ne connoissoit point l'art, et s'abandonnait à la nature; ses charmes sans pudeur, ses mouvemens sans graces, ne firent aucune impression sur mon ame. Nous chassâmes le reste du jour; le lendemain elle vint encore partager mes jeux; à la course, elle l'emporta pendant quelque tems, mais je devins plus agile qu'elle; elle m'apprit à découvrir les perles dans leur coquillage, à prendre du poisson sans le tuer à coup de flèches, comme je le faisois d'abord; j'avois fait part de cette rencontre à Gelimer; il m'avoit recommandé de ne pas m'écarter avec elle, d'éviter l'habitation de ses parens, de crainte qu'ils ne me gardassent de force parmi eux; mais il ne s'opposa pas à ce qu'elle se mêlât à mes plaisirs. L'hiver je la vis moins; cependant elle venoit quelquefois sur la colline, j'allois l'y joindre et nous courions en riant sur les neiges. Le printems revint, et tous nos jeux recommencèrent avec lui. Je m'apercevois que Talaïs 144 devenoit rêveuse, elle tressailloit à mon approche, soupiroit, me tendoit les bras, ses regards enflammés avoient souvent une expression que je ne pouvois soutenir; je baissois les yeux en rougissant; loin d'elle, j'en étois encore troublé; mon sommeil étoit inquiet, mes songes me rendoient Talaïs. La hardiesse de ses mouvemens, l'audace de ses traits, sa parure, si contraire à celle de la chaste Aboflède, et qui d'abord m'avoient repoussé, me firent tout-à-coup une impression bien différente. Le printems, en ranimant toute la nature, offroit de nouveaux piéges à ma raison déjà troublée, et je n'abordois plus Talaïs qu'avec un cœur palpitant. Elle s'aperçut de son ouvrage et résolut de m'enchaîner pour toujours; elle ignoroit que j'avois dans mon ami une seconde prudence, qui veilloit encore quand la mienne étoit endormie; elle me proposa de la suivre, de venir habiter avec elle; enfin, d'être son époux; elle m'y invita par les plus tendres caresses; mon trouble s'en augmenta, un feu brûlant circuloit dans mes veines et me dévoroit. Pourquoi, lui dis-je, éloigner l'instant du bonheur? pourquoi te suivre? n'avons-nous pas ici un abri assez paisible 145 et ne sommes-nous pas deux? Talaïs crut que dans ce moment je ne lui refuserois rien; elle me pressa de la suivre, et s'arracha de mes bras. Abandonner Gelimer n'étoit pas un sacrifice que l'amour même pût obtenir, et je n'avois que des désirs; je refusai Talaïs, elle devint pâle de fureur, m'accusa d'indifférence, m'accabla de reproches, m'assura de sa haine, me dit adieu et me quitta brusquement. Je m'étois calmé pendant qu'elle s'abandonnoit à la colère, je ne cherchai ni à l'appaiser ni à la suivre; content de moi, en paix avec ma conscience, je rejoignis Gelimer avec plus de plaisir encore: je lui contai ce qui venoit de se passer entre Talaïs et moi; il m'écouta attentivement. Mon ami, me dit-il, les passions sont les maladies de l'ame, la morale et la religion en sont les seuls remèdes; heureux qui y a recours avant que leurs progrès soient tels, que rien ne puisse les guérir! Talaïs, simple élève d'une nature toujours sauvage quand la raison ne l'a point adoucie, se livre sans détour et sans crainte; c'est à toi, éclairé par des principes, à l'écarter de l'erreur qui la séduit. Elle te veut pour époux; ce nœud peut-il faire 146 ton bonheur? Le mariage, sans doute, est le lien unique de félicité pour l'homme pur et sensible; le plaisir l'enflamme, l'entraîne et l'abuse; mais il ne le satisfait que pendant sa courte durée; veux-tu faire ton épouse de Talaïs? Non, sans doute, répondis-je à Gelimer, je ne renonce point à ma patrie, je ne veux point former, loin de mon père, ces nœuds saints et éternels. Eh! que feras-tu de ton amie, me dit-il alors, si tu l'as séduite, si elle s'est donnée à toi, si tu lui as ravi sa pureté? Abandonneras-tu celle qui aura été la tienne? la laisseras-tu pleurer jusqu'à la mort, sur l'instant qui l'aura unie à toi? Je ne veux point séduire Talaïs, répondis-je; ses caresses me troublent, mais elle n'a point enflammé mon cœur. Eh bien! fuis-là, me dit Gelimer, crains la jeunesse et la nature; fuis la vierge brûlante qui fera passer dans tes veines le feu qui la consume; les dieux, l'honneur, l'humanité t'en conjurent. N'excite point son amour par ta vue, sois son défenseur contre toi-même; protège l'être foible que l'amour te livre. Gelimer continua long-tems à m'entretenir; je l'écoutois avec admiration; je sentois s'éteindre la flamme passagère des désirs; je 147 me disois, la paix seule est un bien pur et parfait; je me promis de ne point chercher à troubler le repos qui rentroit si doucement dans mes sens, et d'éviter Talaïs. Je ne sortis point dans la matinée, et le soir je chassai d'un côté opposé à celui de nos rendez-vous. Ma chasse ne fut point heureuse, le tems étoit sombre, je rentrai plutôt que de coutume, et je parlai beaucoup moins qu'à l'ordinaire; j'écoutois même avec distraction; j'attendois impatiemment l'heure du sommeil, elle arriva sans m'apporter le repos que j'espérois; je revis le jour sans plaisir, il s'écoula comme la veille, et plus tristement encore; en vain un ciel pur et serein, le charme d'un beau jour, le chant des oiseaux, la fraîcheur des vents, le parfum des fleurs, tout m'invitoit à un doux ravissement: je ne voyois autour de moi que l'absence de Talaïs. De son côté, elle me cherchoit, l'amour l'avoit emporté, elle s'étoit reproché sa fureur, elle vouloit me trouver, m'appaiser, car elle me croyoit offensé, sur-tout ne m'ayant point trouvé à nos rendez-vous accoutumés. Elle étoit venue jusqu'à la grotte, et s'étoit enfuie en ne trouvant que Gelimer. Enfin, elle m'aperçut 148 comme je revenois lentement et livré à une mélancolie profonde; un cri qu'elle jeta ranima en un moment toute mon ame; elle s'élança vers moi, se jeta à mes pieds, me conjura d'oublier ses emportemens, me jura de m'aimer, de m'obéir, de m'être à jamais esclave soumise. Attendri par des expressions si touchantes, je la relevai avec empressement, je la fis asseoir près de moi sur un banc de mousse. Là, sans lui avouer la grandeur de ma naissance, je lui confiai les événemens qui m'avoient conduit dans ce séjour, mon intention de m'en éloigner dès que je le pourrois, pour me réunir à mon père. J'eus le courage de lui dire que ma religion, mes devoirs, les mœurs de ma patrie, s'opposoient à mon union avec elle; je lui conseillai de me fuir et de m'oublier. Mais la crainte de l'affliger me fit mêler à mes sages discours, des expressions si tendres, des soupirs si passionnés, que Talaïs y puisa de nouvelles espérances. Nous nous séparâmes contens tous deux, moi d'avoir été sincère et de la trouver si résignée, elle de m'avoir vu si tendre. Elle me promit même de vaincre son amour, si je consentois à la revoir comme avant notre querelle; j'y consentis 149 et elle s'éloigna; je revins dans la grotte avec toute ma sécurité. Gelimer la troubla de nouveau, et m'effraya sur le piége caché que j'étois loin d'apercevoir; cependant Talaïs remplit sa promesse, et ne prononça plus les noms d'hymen ni d'amour; ses yeux seuls m'en parloient encore, sa bouche observoit le silence, et je ne paroissois pas entendre ce qu'elle se défendoit de me dire. Mais ces efforts lui coutoient beaucoup, et insensiblement devinrent si pénibles, qu'ils altérèrent sa santé et presque sa raison; elle versoit des pleurs et sourioit tout-à-coup. A mon aspect, elle devenoit pâle et rougissoit au même moment; elle ne pouvoit ni demeurer près de moi ni me quitter; si ses regards rencontroient les miens, elle en étoit comme blessée. Elle ne chassoit plus, et négligeoit jusqu'au soin de sa vie, passoit quelquefois la nuit dans les bois, sans abri et sans nourriture; je la retrouvois le matin à la place où je l'avois laissée la veille, immobile et baignée de pleurs. Sa douleur, son abandon, un amour si vrai, si soumis, un malheur si profond et si tendrement exprimé ne pouvoient pas m'être indifférens, j'en fus ému jusqu'au désespoir. Elle se 150 meurt! disois-je à Gelimer; hélas! elle périt comme la plante délicate exposée au soleil ardent; elle se meurt, et je pourrois lui sauver la vie; la raison doit-elle ordonner sa mort? Gelimer trouvoit dans la religion des armes puissantes contre ma foiblesse; son flambeau sacré dont il m'éclairoit, me fit voir la corruption et le vice, là où je n'avois entrevu que la tendre compassion; m'arrêta prêt à tomber, et me soutint au bord du précipice. Talaïs lassée de souffrir et de combattre, Talaïs cessa tout-à-coup de venir me joindre. Gelimer profita de cet éloignement pour me retracer mes devoirs; il ne savoit pas qu'il en existoit un encore dans ma naissance et mon glorieux espoir, dans l'image que je conservois des graces de ma mère, des vertus modestes dont elle embellissoit l'amour, l'hymen et le trône; c'étoit comme elle que devoit être mon épouse, la mère de mes fils, et non comme l'infortunée Talaïs. Sa vue me rendoit mes désirs, son absence seule me laissoit ma raison. Depuis long-tems je ne l'avois pas revue, et j'étois tranquille; mais un matin, comme j'écartois la pierre qui ferme l'entrée de la grotte, je l'aperçus assise sous ces chênes. Hélas! la 151 malheureuse attendoit depuis long-tems mon réveil; je frissonnai à sa vue, elle me fit signe d'approcher, je courus lui dire que Gelimer avoit besoin encore de ma présence. Je t'attendrai, me répondit-elle avec un profond soupir; libre d'aller la rejoindre, je ne pouvois m'y déterminer; un secret pressentiment retenoit mes pas, et je me sentois agité de sombres pensées; enfin, je marchai vers elle, elle paroissoit tranquille; mais en l'examinant, je la trouvai languissante et abattue, sa main étoit brûlante, l'approche de la mienne la fit tressaillir, ses cheveux étoient en désordre et couvroient son visage; elle essaya de se lever et retomba sur le gazon. O ciel! je n'en puis plus, dit-elle: je l'aidai à se relever, elle pouvoit à peine se soutenir, elle s'arrêta incertaine et reprit sa marche comme par une réflexion déterminée; elle trembloit, sa respiration étoit pénible, son sein palpitant, j'étois moi-même violemment agité. Mais observant qu'elle chanceloit à chaque pas, je passai mon bras autour d'elle pour la soutenir, elle se laissa aller sur mon épaule, un froid mortel la saisit, elle demeura comme évanouie; peu-à-peu elle reprit ses sens, continua sa marche 152 lente et dans un profond silence. Son regard austère s'élevoit jusqu'aux cieux et retomboit vers la terre; une fièvre brûlante la dévoroit; le souffle de son haleine sembloit un air embrâsé. A ces terribles effets, on reconnoissoit la passion dans toute sa violence; j'en étois effrayé autant qu'ému, et je n'osois troubler la méditation dans laquelle elle étoit plongée. Nous fîmes ainsi une assez longue route, et nous parvînmes à un charmant bocage, au milieu duquel s'élevoit une roche couverte de pampres; du sein de cette roche s'élançoit en cascade une onde abondante et limpide qui, tombant dans un bassin profond, contrastoit par le bruit de sa chûte, avec la paix de ces lieux si rians et si calmes. La fraîcheur des ondes conservoit encore au feuillage et aux gazons toute leur beauté printannière, quoique nous fussions aux premiers jours de l'automne. Arrivés sur la cime de la roche, Talaïs me fit signe de m'asseoir; elle se plaça près de moi, passa un de ses bras autour de mon col, appuya sa tête sur ma poitrine, et demeura en silence; je me sentis baigné de ses pleurs, mon agitation étoit à son comble; Talaïs sembloit réfléchir profondément. Après s'être ainsi 153 doucement reposée, elle parut plus calme; bientôt elle releva sa tête et me regarda. Son visage pâle et décoloré étoit baigné de larmes, ses yeux remplis de tristesse, tous ses traits peignoient la désolation; je pressentois une partie de ce que préparoit si lentement son désespoir. Ah! me dit-elle, avec un accent inexprimable, et qui retentit encore autour de moi, je suis venue pour t'offrir encore l'infortunée Talaïs... Dis, oh! dis-moi que tu la veux pour épouse! O ma bien aimée, lui répondis-je, en passant mes bras autour d'elle; oh! écoute-moi, tu ne sais pas tous mes secrets; tu ignores... Barbare! me dit-elle, en m'interrompant et s'arrachant de mes bras, garde tes funestes secrets; si je n'ai pas su plaire, je sais mourir. A ces mots, plus prompte que le regard, elle s'élance du rocher dans l'abîme, j'entendis le bruit de sa chûte... Je volai à son secours, hélas! tous mes soins furent inutiles, le rocher étoit élevé et l'abîme étoit profond. En vain je m'élançai dans l'onde, en vain j'eus recours à tous les moyens que m'inspira mon cœur; la nuit et la pénible certitude de la mort de l'infortunée, m'arrachèrent de ce lieu funeste. Gelimer partagea mes justes regrets. 154 Le lendemain je courus vers l'abîme qui renfermoit la tendre victime de l'amour; je ne m'en éloignai que le soir; j'y retournai jusqu'à ce que son corps reparut sur les ondes; alors je l'emportai jusqu'à la grotte; je lui avois destiné pour dernière demeure le lieu consacré à nos entretiens; j'y creusai une large fosse, que je remplis de fleurs et d'herbes odoriférantes; j'y plaçai le corps de Talaïs, que je recouvris de fleurs, de feuillages, de gazon; j'y plaçai une pierre gravée. Gelimer vint y chanter l'hymne de la mort; et depuis j'y retourne chaque jour gémir sur son sort et appaiser son ombre. Une perte aussi cruelle a jeté dans mon ame une profonde amertume; mes premiers plaisirs ont cessé de me plaire; ces bois sont déserts pour moi, ou ne m'offrent que Talaïs mourante; mon seul bonheur est d'écouter Gelimer, de lui prodiguer mes soins, de m'instruire à supporter les revers, à combattre, à surmonter la douleur, à triompher d'un souvenir qui a troublé mes sens et mon ame. Childéric se tut, on vit qu'il pensoit à Talaïs, chacun respecta son silence. On approchoit de l'heure destinée au sommeil; Childéric en avertit Gelimer. Ce ne fut que le lendemain 155 qu'il conduisit Viomade sur la tombe de Talaïs; celui-ci lui raconta comment il l'avoit découverte, et montra au prince la guirlande flétrie qu'il y avoit déposée lui-même. Childéric renouvella le simple hommage qu'il avoit coutume d'offrir à la tombe de sa malheureuse amante. De retour dans la grotte, le jeune prince s'assit à table entre ses deux amis; il voyoit sur le front de Gelimer la douleur et l'inquiétude, et dans les yeux de Viomade une secrete espérance mêlée d'alarmes; il sentoit lui-même combien ces déserts alloient devenir affreux pour le vieillard; mais Childéric n'hésitoit point, il vouloit seulement rassurer Gelimer et donner ses ordres à Viomade. A peine eurent-ils achevé leur repas, que Childéric dit au brave: Je te dois, ami, une bien vive reconnoissance, tu as traversé pour moi les déserts et les sombres bois, tu as souffert, tu as exposé ta vie, et au milieu de tous les périls, tu es venu me parler de mon père... Reçois les remercîmens que je te dois, mais prépare-toi à recevoir bientôt ceux de Mérovée. Demain, dès l'aurore, tu quitteras ces lieux, et je t'enseignerai une route sûre et peu longue; le printems qui commence, embellira 156 ton voyage, je t'armerai de mes meilleures flèches, tu porteras à mon père des tablettes sur lesquelles j'écrirai tout ce que je croirai propre à le consoler de mon absence. Mais quand il apprendra que la reconnoissance, la tendre amitié, dit-il, en se jetant dans les bras de Gelimer et le pressant sur son cœur; quand il saura que des sermens sacrés me retiennent ici, son noble cœur sera satisfait; un fils ingrat, insensible et parjure ne seroit plus digne de lui. O dieux! s'écrioit Gelimer, ne permettez pas que j'accepte son sacrifice. Viomade, emporté par son zèle et sa guerrière franchise, osa refuser de partir, représenta au jeune prince que son retour sans lui couteroit la vie au monarque; qu'Egidius, profitant de cet instant favorable, monteroit sur le trône, que la couronne seroit à jamais perdue pour lui. Viomade, lui dit le prince avec fierté, vous peignez mon père comme un roi sans courage et sans vertu. Heureusement le ciel m'a fait un plus auguste présent. Mérovée a survécu à la nouvelle de ma mort, à la perte d'Aboflède, il ne succombera point, quand il sera sûr que je vis pour l'aimer, et me rendre, s'il est possible, le digne héritier 157 de sa valeur et de ses vertus. Viomade désolé, offrit de conduire avec eux Gelimer. Barbare! dit le prince, veux-tu donc sa mort? Comment, tu peux proposer à un vieillard aveugle et mourant de l'arracher de sa retraite, pour traverser un pays immense, accablé par l'âge, exposé à la pluie, au vent, aux ardeurs du soleil, couchant sur la terre, quand il ne peut faire un pas sans un appui! Tu veux l'entraîner des Palus dans les Gaules! Eh bien! dit Viomade, qu'il reçoive mes soins, mes services; je m'engage, par tous les sermens, à vous remplacer près de lui. Le remplacer! remplacer Tcie! ô dieux! s'écrie Gelimer, l'univers entier ne le pourroit pas. Mais, ajouta-t-il, d'un air sinistre et terrible, demain je vous répondrai. Non, mon ami, reprit le prince avec douceur, j'ai répondu et Viomade m'entend; c'est comme fils de Mérovée que je lui ordonne de renfermer à l'avenir un noble zèle que j'admire, tant qu'il ne sort pas des bornes que je dois lui prescrire. Demain il partira, il ira remplir de joie l'ame de mon père. J'ai encore des tablettes que j'ai apportées de France; je sors pour écrire plus librement sous ces chênes; venez, mon cher 158 Gelimer, le tems est calme et doux; venez, appuyez-vous sans crainte sur le bras de votre cher Tcie, toujours votre fidèle appui. O Tcie! disoit Gelimer, que tu es beau aux yeux de la divinité! qu'ils seront heureux les peuples gouvernés par toi! Oh! si ta sensibilité ne t'égare point, si tu peux résister aux passions du monde, quel roi sera plus grand, et quels peuples seront mieux gouvernés! O mœurs pures de nos bois solitaires! ô vie simple! et qui ne laisse point d'amertume, paix de l'ame, n'abandonnez jamais celui pour qui je forme mes derniers vœux! Childéric entraîna Gelimer hors de la grotte, et s'éloigna de lui et de Viomade pour écrire au roi. Le jeune prince étoit plus ému qu'il n'avoit voulu le paroître; il chérissoit son père, et ce n'étoit pas sans effort qu'il avoit ordonné le départ du brave; il lui sembloit aussi qu'il porteroit avec gloire le sceptre des rois, et il connoissoit toute l'étendue de son sacrifice. Il se peignoit le moment où tombant aux pieds de son père, il recevroit encore ses douces caresses si chères à son souvenir; ce moment où, au milieu des siens, entouré de sujets fidèles, il verroit dans tous les yeux la joie de son retour. Il ignoroit 159 quand un jour si beau se leveroit pour lui; il sentoit ce que le tems pouvoit lui coûter. En écrivant au roi, ses larmes coulèrent, son cœur fut déchiré; mais il ne lui vint pas même à l'esprit qu'il fût possible de changer son sort. Pendant qu'il écrit, Gelimer défend à Viomade de troubler ses méditations, et reste sous les arbres. La nuit les réunit dans la grotte, et Childéric éloigne tout entretien affligeant. Le vieillard presse sur son cœur le jeune prince, l'embrasse et gagne son lit. Childéric ferme la grotte et s'éloigne avec Viomade; il ne songe point encore au repos, et remet ses tablettes à l'ami fidèle qui les reçoit à regret; déjà il a tout préparé, jusqu'à l'arc, jusqu'aux flèches dont il doit l'armer; il se propose même de l'accompagner quelques heures, si Gelimer l'approuve. Childéric ne cesse de répéter à Viomade tout ce dont il le charge pour son père, pour Ulric, pour son fils Eginard, ami de son enfance et compagnon de ses jeux. Une partie de la nuit s'est écoulée avant qu'il cherche le sommeil; aussi étoit-il grand jour depuis long-tems lorsque les deux amis s'éveillèrent. Surpris de voir déjà la matinée si avancée, et étonnés du silence de Gelimer, 160 ils se levèrent à la hâte; Viomade courut ouvrir l'entrée de la grotte, et le prince s'approcha doucement du vieillard; il paroissoit dormir profondément: hélas! c'étoit du sommeil de la mort. Le généreux Gelimer, ne pouvant supporter la vie loin de l'objet de sa vive et unique affection, ne voulant pas l'arracher plus long-tems au bonheur et à la gloire, s'étoit percé le cœur du javelot même du jeune prince; le trait étoit encore dans son sein. A ce spectacle, digne d'admiration et de larmes, Childéric jeta un grand cri; Viomade s'approcha avec empressement, et le prince lui montra en silence le corps glacé de son généreux ami. En vain ils retirèrent l'arme meurtrière du sein vertueux qu'elle déchiroit; la mort avoit saisi sa proie; les soins tardifs et impuissans ne rappelleront point son ame déjà parvenue aux demeures célestes. O Gelimer! disoit Childéric, tu revis encore dans mon cœur; puissent tes leçons n'en sortir jamais, et cette action sublime et cruelle m'apprendre à mourir! Triste et désolé, Childéric resta tout le jour près du corps de son ami; il y passa la nuit entière, et le lendemain il songea à lui obéir. Terribles et derniers devoirs!... Tous deux 161 creusent au milieu de la grotte la tombe que le sage a ordonnée. Childéric ne put l'y placer sans verser des pleurs; il contempla encore cet ami qu'il alloit cesser de voir. O mort! disoit-il, mort cruelle! déjà deux fois ma main, innocemment coupable, t'a livré deux victimes. O Gelimer! ô Talaïs! Le corps est recouvert de gazon; à mesure qu'il disparoît, la douleur du prince est plus violente. Viomade place une large pierre qu'il a trouvée près de la grotte, et qui recouvre la tombe; il y grave ces mots:

HONNEUR AUX MANES DE GELIMER.

La nuit le surprit encore occupé à graver cette inscription simple, et au point du jour, armés de flèches, sur-tout de ce javelot qui n'est, hélas! que trop cher à son triste possesseur, ils vont quitter des lieux devenus si funestes; mais ce ne fut pas sans adresser à la tombe les plus tendres adieux. Childéric salua les chênes et les hamadryades, remonta sa petite colline, jeta sur chaque arbrisseau, sur chaque fleur un regard attendri, redescendit lentement ce petit sentier tortueux et bordé de gazon. Ces lieux qui l'avoient vu grandir, penser, aimer, lui retraçoient à-la-fois 162 tous les premiers mouvemens de son ame. Il alla encore sur la tombe de Talaïs porter des regrets et des fleurs, et ne quitta sa retraite qu'après avoir payé à tous ces objets, qui la lui rendirent si chère, le tribut d'une juste douleur.

LIVRE HUITIÈME

Tandis que Mérovée, plein de confiance dans les paroles de l'oracle et dans les soins d'un ami, attend avec une impatience mêlée d'espoir, et compte les momens, Egidius qui a obtenu des secours de Rome, et à qui Odoacre, roi des Saxons, en promet de nouveaux encore, augmente chaque jour son parti. Il accuse déjà de lenteur le traître Draguta; mais il est de retour, et se présente aux yeux du roi, qui le voyant seul et accablé d'une feinte douleur, se sent frappé, prêt à mourir. Le Hun, les regards baissés, le front abattu, restoit en silence. Oh! parle, parle, malheureux! dit le roi, quoique je ne t'entende déjà que trop. O père infortuné! dit Draguta; écoutez ce triste récit.... Nous arrivâmes sans accident jusqu'à l'habitation de ma nombreuse famille; je retrouvai encore mon père plein de force et de santé, je lui avouai le motif de mon voyage; je l'instruisis que je devois la vie à mon compagnon: mais mon père en un moment détruisit mes espérances.... il m'apprit.... ô ciel!... il m'apprit qu'Attila, furieux de sa 166 dernière défaite, avoit fait massacrer tous les prisonniers, sans en excepter votre fils. Mon père m'assura l'avoir vu périr!... Je résolus de n'apprendre cette affreuse nouvelle à Viomade que lentement et avec précaution; mais son zèle impatient hâta mon aveu. Ah! comment vous peindre sa douleur? jugez-en par les effets. Son sang déjà échauffé par la fatigue d'une aussi longue route, s'enflamma; une fièvre ardente le dévoroit: il tomba dans un affreux délire, nous lui prodiguâmes inutilement nos soins; tout-à-coup la raison lui revint, et il me fit appeler. Pars, Draguta, me dit-il, va porter au roi, mon maître, ces tristes détails; dis-lui que Viomade est mort de douleur, porte-lui mes flèches, et donne-moi mes tablettes, je veux y tracer un dernier adieu. Mais tandis que je les lui présente... il expire en nommant son roi.... Voici ses tablettes et ses flèches.... Depuis long-tems Mérovée n'écoutoit plus, et Draguta auroit pu parler long-tems encore, sans être interrompu. Le roi immobile et glacé, l'œil fixe et l'ame suspendue, cessoit de le voir et même de l'entendre; sa douleur trop vive avoit comme anéanti tout son être, il ne la sentoit plus. Ceux qui l'entouroient en furent 167 effrayés, sa blessure se r'ouvrit, il tomba baigné dans son sang, on craignit pour sa raison et pour sa vie; plus malheureux il vécut, et se rappella tous ses revers. Draguta, satisfait du succès de sa trahison, courut en recevoir le prix. Egidius lui remit la somme qu'il lui avoit promise, et le nomma au grade dont il l'avoit flatté; mais sachant que l'homme qui s'est déjà vendu au crime est toujours prêt à se vendre de nouveau, et à trahir celui qu'il a servi, il le fit empoisonner dans un festin. Récompense digne d'un traître.

Egidius, délivré de ceux qu'il redoutoit le plus, apprit avec une extrême joie, que la santé de Mérovée laissoit peu d'espoir de le conserver long-tems. La paix étoit loin de disposer les Francs à se nommer un chef qui pût remplacer le roi mourant, et les conduire aux combats; mais Egidius annonçoit toujours les Saxons, et le seul espoir des batailles suffisoit pour enflammer ces Francs valeureux. Ce bruit d'ailleurs n'étoit pas sans fondement: Odoacre menaçoit Angers; dans ce moment, attaqué lui-même par les

Visigoths, il ne songeoit qu'à se défendre; mais il étoit facile de déterminer les troupes à ne pas attendre l'ennemi, elles furent 168 assemblées tumultueusement et sans connoître elles-mêmes la main qui les faisoit agir. Bientôt l'air retentit de leurs murmures; elles osèrent accuser le roi d'inaction, d'oisiveté, et enfin demander à haute voix un chef et la guerre. Mérovée mourant, ignoroit ces clameurs séditieuses, mais il fallut l'instruire du vœu de ce peuple barbare et insensé. Egidius avoit été nommé au champ de Mars; il devoit commander les armées sous les ordres du monarque; de là au trône il n'étoit qu'un pas; ce pas Egidius comptoit le faire bientôt. L'armée, cruelle jusques dans ses respects, voulut que l'ambitieux romain reçût le commandement des mains du roi: on choisit le jour le plus prochain, et les plus hardis parmi les mutins se chargèrent de porter au monarque le vœu du peuple. Ce vœu pourtant n'étoit pas général; les guerriers qui avoient marché contre les Romains, se voyoient avec honte sous les ordres d'un ennemi vaincu par eux. Mérovée ne put, sans surprise, apprendre un choix si humiliant pour les Français. Quoi, leur dit-il, c'est le stipendiaire des Romains qui va conduire mes guerriers! c'est celui à qui j'ai enlevé la moitié des Gaules, qui va commander les mêmes troupes qui l'ont renfermé 169 dans Soissons! N'est-il donc parmi vous aucun soldat courageux, aucun général vainqueur? Prêt à descendre vers la tombe, accablé de douleur, aurois-je celle de prévoir l'instant où mon peuple, libre du joug romain, dont il fut délivré par les Mérovingiens, ira de lui-même s'offrir à ses ennemis? Ce discours jeta le désespoir dans le cœur des braves qui l'entendirent; mais il ne toucha point les rebelles, qui se retirèrent, en suppliant respectueusement le roi de consentir à paroître au champ de Mars. Cette démarche révoltoit sa noble fierté, affligeoit son ame; cependant le conseil l'engagea à conserver par là l'apparence du commandement, et quoique avec une profonde tristesse, il s'y décida.

Mérovée cependant ne tenoit plus à sa grandeur; il n'avoit plus de fils à qui la transmettre; il ne tenoit pas plus à la vie, il n'avoit plus d'épouse, plus d'ami pour l'embellir;... mais il chérissoit son peuple, et aimoit sa gloire.

Il parut ce jour que hâtoient les vœux d'Egidius. On étoit dans le plus beau mois de l'année, et le soleil fier d'éclairer le monde, planoit du haut des airs, brillant et couronné de ses rayons; les troupes déjà 170 revêtues de leurs armes qui étinceloient frappées des feux du dieu du jour, se rendoient au champ de Mars, et se livroient à cette joie immodérée que cause toujours au peuple un spectacle, quel qu'en soit l'effet ou la cause. Mérovée parut entouré de ses braves, qui pouvoient à peine contenir leur indignation; il étoit sur un char traîné par des taureaux superbes, revêtu de ses habits royaux; la majesté de son visage n'étoit point éteinte par la douleur dont il conservoit la trace; son aspect noble et touchant émut tous les cœurs; on voyoit tomber des yeux des plus grands guerriers, ces pleurs qui honorent le courage. Les cris de vive le roi! ces cris si chers aux Français, se firent entendre, et Mérovée, malgré les maux sans nombre dont il étoit dévoré, ne les entendit pas sans émotion; il sentit qu'il étoit aimé, ce mouvement fut doux pour son ame. Un trône élevé attend le roi; Egidius, palpitant d'impatience et de joie, comptoit les instans; agité d'une secrète inquiétude, il voudroit encore presser son triomphe qui s'apprête. L'armée se range en bataille, chacun reprend son rang. Le roi monte sur son trône; déjà on lui présente la lance et l'épée dont il doit armer Egidius, déjà le perfide 171 romain enlève fièrement son casque, va le remettre à Valérius, et pour la dernière fois se prosterne devant le roi, qu'il se propose de renverser; les braves détournent les yeux d'un spectacle qui les désespère, l'armée attentive observe un profond silence. Ulric porte au loin ses regards,... un objet l'a frappé, son cœur en est ému;... il fixe encore ses yeux sur l'objet qui s'approche, il ne s'est pas trompé!... S'élançant tout-à-coup, repoussant Egidius, et paroissant au milieu de l'armée... Soldats! arrêtez, arrêtez! s'écria-t-il; voici Childéric; voici Viomade, voici le fils du roi! et tombant aux genoux de Mérovée: O roi! digne d'un si grand bienfait, voilà votre fils... En croira-t-il ce discours? ah! s'il en doute, ce doute fera bientôt place à la plus délicieuse certitude. Mérovée, à peine descendu de son trône, voit sauter de cheval, légèrement à terre, le plus beau des hommes, et sent dans ses bras le plus tendre des fils; Viomade se présente à son tour; Mérovée le presse contre son cœur, l'armée partage l'attendrissement et la joie de son maitre. La beauté, dont l'empire est si prompt et si assuré, leur parle déjà en faveur de Childéric; on le presse, on l'entoure; Egidius est oublié, il 172 le voit, il le sent, pâlit de fureur, et frémit de rage.... O traître Draguta! osoit-il dire: c'est à présent qu'il regrette que la tombe où il l'a précipité, le dérobe à sa vengeance. Childéric se rend aux vœux du peuple, impatient de le voir; il se mêle à l'armée. Le tems qui a développé ses traits ne les a point changés, mais son vêtement sauvage donne à ce visage doux et riant, une grace inconnue qui entraîne. Les Francs admirent surtout sa belle chevelure blonde et bouclée, ornemens des rois... Lui-même reconnoît une foule de guerriers, il les nomme, se rappelle leurs exploits, revoit grands et hardis ceux qu'il a laissés enfans comme lui; enfin il aperçoit le jeune et charmant Eginard, le fils du brave Ulric, celui qu'il aima dès le berceau; Eginard attendoit un souvenir de son maître, il reçut les caresses de son ami; Childéric parut transporté de joie en le voyant; tant de marques de sensibilité ravirent les cœurs. La mémoire est sans doute le présent le plus magique que le ciel puisse faire aux grands de la terre, celui qui leur attire le plus d'amour. Quand un regard est une faveur, un mot une distinction, combien un souvenir honore! combien cette marque de bienveillance flatte 173 le sujet qu'elle énorgueillit! O rois, qu'il vous est facile d'être aimés, et d'être aimés avec idolâtrie! O vous! qui entourés de la majesté du trône, de ces rayons presque divins, paroissez déjà à nos yeux si imposans et si fiers, quand vous adoucissez pour nous cette effrayante splendeur, que nous passons rapidement du respect à l'amour! mais, hélas! pourquoi ne suffit-il pas que vous soyez sensibles pour nous rendre heureux? pourquoi les rois bons, ne furent-ils jamais les bons rois? pourquoi, enfant mutin et indiscipliné, l'homme abuse-t-il de tout, et a-t-il besoin d'un frein sévère?

Le retour de Viomade n'est pas moins cher à l'armée; ce brave qui a combattu tant de fois au milieu de ces rangs, et dont on déploroit la mort, lui est rendu. Les soldats veulent connoître par quels miraculeux événemens le prince a disparu, comment Viomade l'a retrouvé; chacun l'interroge, il répond: ce qu'il dit vole de bouche en bouche; le jour se passe tout entier dans ce désordre heureux. Childéric s'est rapproché plusieurs fois de son père, de ce tendre père, qui le contemple avec cette joie paternelle que son cœur ne peut contenir; il croit, lorsqu'il sourit, revoir Aboflède, il 174 croit l'entendre, c'est sa voix douce et persuasive. Egidius, qui n'a pu détourner l'attention du peuple des objets qui le captivent, va cacher sa honte auprès d'Egésippe qu'il adore; et le roi, accompagné de son fils, reprend le chemin de Tournay. Viomade, entouré des braves, suit le char royal, et le roi rentre dans son palais, aux acclamations générales. En revoyant sa famille, chacun raconta ce dont il avoit été témoin, ce qu'il avoit entendu. Childéric, si visiblement protégé par les dieux, échappé miraculeusement aux barbares, après avoir vécu dans les forêts; Childéric, si sensible à l'amitié, si beau sous ces vêtemens de peau d'ours, armé de ses flèches légères, et porteur du javelot; Childéric enfin étoit l'objet de tous les discours; déjà on l'aimoit, déjà on l'élevoit en pensée sur le pavois; le peuple se précipite en foule par-tout où il porte ses pas; plus il se montre, plus on est impatient de le voir encore. Amiens, cette première capitale de la France, supplia Mérovée de revenir dans ses murs; il y consentit, et fier de son bonheur, il accompagna Childéric dans les différentes villes où il se fit voir aux peuples, charmés de sa présence. Childéric avoit déjà quitté les vêtemens qu'il portoit 175 dans les bois, et revêtu ceux d'un guerrier français; tous deux le parent également, et cette main qui lançoit adroitement la flèche de Bélénus, brandit avec grace la lance de Mars. Le casque brille sur ce front rempli de candeur, ses yeux si beaux en paroissent plus fiers, et les boucles blondes, qui voltigent autour du casque, mêlent leurs ondulations à l'éclat guerrier des armes; c'est ainsi que le jeune prince paroît formé pour la gloire et pour l'amour.

Mérovée, impatient de connoître à quels événemens il devoit le retour inespéré d'un fils et d'un ami, n'avoit pas attendu si long-tems pour s'en instruire; dès le soir même de leur arrivée, il avoit interrogé Viomade et son fils. Mérovée admiroit moins les circonstances extraordinaires du récit de Childéric, que la vivacité, l'éloquence de ses discours. Ce n'étoit point le farouche élève de la nature, le sauvage enfant du désert qui s'exprimoit, mais un prince noble et rempli de grace, qui développoit à ses yeux une ame pure, des sentimens délicats, des pensées sublimes. Malgré tous les maux que lui a causés Gelimer, le roi sent combien il doit révérer la mémoire de l'homme vertueux, qui a semé dans le cœur du prince de si 176 précieux principes, et il adresse à son ombre un pieux hommage. Ce n'est point assez encore, Mérovée ordonne un pompeux sacrifice pour remercier les dieux protecteurs de son fils; mais il ordonne aussi qu'il soit célébré en l'honneur de Gelimer. Les Bardes consacrèrent dans leurs vers sa vie sublime et sa mort généreuse: c'est ainsi que son histoire, transmise d'âge en âge, nous est parvenue.

Le jour fixé pour le sacrifice, Diticas le célébra selon l'usage accoutumé. Après la cérémonie, il monta sur une élévation triangulaire, dont chaque côté portoit un des noms des trois plus puissans dieux des Druides, Teutatès, Taranis, Esus: de cette élévation, il félicita le roi, loua Viomade, et versa sur le prince l'eau lustrale. Mais alors, prenant une voix terrible, et que l'armée crut être celle des dieux mêmes, il reprocha aux Francs d'avoir douté du retour de Childéric, quoique lui-même, inspiré du divin esprit, le leur eût annoncé; il leur reprocha d'avoir cru les perfides paroles d'un traître, de préférence à celles des oracles, dont lui-même avoit été l'interprète; il les menaça du courroux céleste, lança l'imprécation 177 contre ceux qui vouloient confier le commandement à Egidius; annonça les ténèbres éternelles, fit trembler les soldats, partout ailleurs intrépides, et qui, prosternés devant le ministre d'un dieu terrible, se croyoient déjà précipités dans les abîmes du monde. Diticas voyant la consternation générale, s'arrêta, puis d'une voix plus douce, conjura les dieux de s'apaiser, et s'adressant encore au peuple muet et effrayé, il lui promit de ne pas quitter le pied des autels sans avoir obtenu leur pardon. Je vous annonce, ajouta-t-il, que je célébrerai, la sixième lune du solstice d'hiver, la fête du Guy de chêne, cette fête si chère à vos cœurs, et qui est toujours suivie d'une heureuse année; que ce jour soit beau pour tous les Francs, que ce jour soit consacré par tout ce qui peut le rendre auguste, qu'il répare vos fautes et assure votre bonheur, qu'il soit enfin le jour choisi pour donner à Mérovée un successeur, et la récompense de son courage et de ses vertus; enfin, qu'en sortant de la cérémonie qui vous réconciliera tous avec vos dieux outragés, nous volions au champ de Mars élever Childéric sur le pavois: puisse-t-il, sous l'exemple du meilleur des rois, 178 apprendre long-tems encore à gouverner!... Est-ce là votre volonté, reprit Diticas, Francs, acceptez-vous ce que je vous propose? Depuis son arrivée, Childéric étoit l'amour de tout le peuple; l'offre de Diticas étoit déjà le vœu de l'armée, le consentement fut général. Diticas promit qu'à ce prix les dieux seroient satisfaits, et congédia l'armée; le roi quitta aussi le bois sacré, et se retira rempli de reconnoissance envers les dieux, leur demandant encore de prolonger sa vie, jusqu'à l'instant où il auroit vu élever sur le pavois ce fils qu'il aimoit, chaque jour, avec plus d'ardeur. L'heureux Viomade jouissoit du bonheur de son roi, du fruit de ses travaux, de la reconnoissance du jeune prince, et de l'estime de toute la France, récompense méritée, mais la seule digne de ce cœur généreux.

LIVRE NEUVIÈME.

La fête du Guy étoit la plus agréable aux Francs; l'année où l'on pouvoit le découvrir étoit ordinairement abondante; le peuple, loin de voir dans cette fertilité une suite naturelle des combinaisons du tems et des saisons, la croyoit au contraire un effet particulier attaché à la religieuse cérémonie. Egidius espéroit en vain s'opposer à cette journée redoutable; il lui reste des partisans, de l'or, une armée; le prince est jeune et sans défiance, son cœur s'ouvre facilement à l'amitié, il est ardent et sensible; Egidius compte sur ses ressources, se flatte encore, et va cacher dans Soissons son inquiétude et ses espérances, après avoir dispersé et instruit de nouveau tous ceux dont il connoît l'adresse, l'intrigue, la fidélité et les moyens.

Mérovée, pour qui le bonheur est une nouvelle source de vie, a retrouvé ses forces épuisées; il sent que ce nouvel effort du flambeau prêt à s'éteindre, ne fera qu'en 182 hâter la fin, et il profite de ses derniers instans pour instruire son fils de ses devoirs si pénibles et si grands; de l'état de son royaume, de ses ressources, et des imperfections du gouvernement. Childéric s'étonne que l'autorité royale ait tant de bornes. Ce n'est pas ainsi que commande l'empereur à Pékin, il s'en indigne; cette dépendance du trône, qui s'oppose à la force du gouvernant en la divisant, à sa paix intérieure en multipliant les pouvoirs et les volontés, irrite son génie et son ame. Mérovée essaie en vain de lui faire sentir que ces lois, suite d'un établissement encore peu assuré, ont été nécessaires; Childéric a peine à y soumettre sa raison, encore moins son cœur. Gardez-vous, disoit Mérovée, de tenir vos peuples dans une longue paix, ils tourneroient leur activité contre vous et contre eux. Vos troupes, par-tout triomphantes, remplissent de terreur leurs ennemis. Profitez de l'instant que vous ménage la victoire. Le meurtre d'Aëtius, la mort de Valentinien, celle de Maximus, les ravages de Genseric, la division des chefs de l'empire, l'ignorance de leurs généraux, l'expérience et les victoires des vôtres, les 183 revers qui ont découragé vos ennemis; tout enfin vous dit de combattre. Tournez d'abord vos armes contre Odoacre; réduisez-le à une retraite prompte; attaquez-le avant qu'il ne soit reposé de ses combats; chassez-le des îles de la Loire; repoussez les Allemands qui se préparent à envahir les Gaules; chassez les Romains loin de vous, et étendez votre royaume sur l'Oise et la Seine: ensuite soyez législateur; car les sages lois font plus pour le bonheur des peuples que les grandes conquêtes.

Ainsi parloit Mérovée, et Childéric, impatient de se distinguer aussi, attendoit la saison guerrière pour marcher contre les Saxons; mais l'hiver commençoit à peine, et il falloit qu'il s'écoulât tout entier. La fête du Guy devoit se célébrer, et Childéric devoit être élevé sur le pavois. Ce jour mémorable que redoute Egidius, paroît enfin, et déjà l'entrée du bois est remplie d'un peuple immense; toutes les prêtresses avoient le droit d'assister à ces fêtes; mais les vierges s'y distinguoient par leur voile et les apprêts de la cérémonie, qui n'étoient confiés qu'à elles. Le grand prêtre, revêtu de ses plus magnifiques habits d'un lin 184 éclatant et parsemé d'or, couronné de feuilles de chênes, parut au milieu des vierges qu'entouroient les prêtresses et les Druides; la foule sainte marche pompeusement jusqu'à l'arbre possesseur du Guy sacré. Diticas, soutenu par ses Druides, monte sur l'arbre, grave sur son tronc et sur deux de ses plus belles branches, le nom des dieux; alors, recevant des mains d'une des vierges, la serpe d'or destinée à couper le Guy, il chante plusieurs fois ces paroles que répètent les vierges, les prêtresses, les Druides, et toute l'armée:

AU GUY L'AN NEUF.

Ensuite il coupe le Guy, que les vierges reçoivent dans le sagum blanc qu'elles tiennent étendu. Le grand prêtre redescendu, plonge le Guy dans l'amula rempli d'eau, et prenant l'aspersoir des mains virginales qui le lui présentent, il répand au loin l'eau lustrale. Le peuple croyoit alors être délivré de tous maux, et surtout des sortiléges qu'il redoutoit beaucoup.

Cette cérémonie eut lieu l'an 458, la sixième lune du solstice. A peine fut-elle terminée, que Diticas promit aux Francs 185 les bienfaits du ciel, et marcha vers le champ de Mars, suivi des Druides et de toute l'armée. Mérovée, toujours languissant, fut transporté sur un brancard formé de lances croisées et de drapeaux conquis. Ce moment étoit le plus beau de sa vie; il remercioit les dieux de l'en avoir rendu témoin, et jetoit un regard satisfait sur le sceptre qu'il alloit déposer dans de si chères mains.

La renommée, toujours prompte à parler des rois, a déjà porté le désespoir et la fureur dans l'ame d'Egésippe. L'altière romaine, venue dans les Gaules pour retrouver Egidius qu'elle aime, et à qui sa main est promise, avoit espéré le trône, et ne peut voir sans une secrète rage le jour qui doit le lui ravir. Elle habitoit un château près de Tournay, et c'étoit pour servir son amant qu'elle ne l'avoit pas rejoint. A une rare et majestueuse beauté, Egésippe joignoit un esprit adroit, un caractère violent, mais dissimulé. Eloquente, elle séduisoit par ses discours ceux qui échappoient à ses charmes; habile à lire dans les cœurs, prompte à changer de formes, elle empruntoit jusqu'au caractère même de ceux qu'elle vouloit subjuguer, sûre de les vaincre. Egidius ne devoit 186 ses partisans qu'aux graces ou à l'adresse de son amante; elle seule avoit entraîné les volontés en charmant les cœurs. Le retour de Childéric avoit déjà détruit une partie des espérances de l'ambitieuse; le jour qui va le couronner les anéantit; elle voue une éternelle haine à cet ennemi, qu'elle ne connoît pas encore. Tout-à-coup, un vague espoir de vengeance la ranime; elle ordonne que son char soit attelé, elle-même conduira ses coursiers dociles et impatiens; elle sera témoin de cette fête, dont la seule pensée l'enflamme de courroux; elle monte sur le char léger, qu'entraînent rapidement deux chevaux superbes; debout, elle tient les rênes, et s'élance vers le champ de Mars.

Telle étoit Diane avant qu'Endimion eût touché son ame, et avant que l'amour eût adouci son sourire.

L'auguste cérémonie étoit commencée, et Childéric élevé sur le pavois; une brillante couronne ornoit sa tête, le manteau royal étoit attaché sur ses épaules, un riche baudrier ceignoit sa taille élégante; il tenoit en main le javelot, sceptre de Pharamond, et que l'amitié sanctifia si cruellement. La joie prêtoit à ses traits nobles et réguliers, 187 un nouvel éclat; la reconnoissance, plus de douceur: il promenoit sur toute l'armée ses regards attendris; on voyoit dans ses yeux tout ce qui se passoit dans son cœur; il étoit beau de ses traits, de sa jeunesse et de son ame... Egésippe le voit, s'étonne, et le hait encore davantage; plus elle le trouve supérieur à son amant, plus sa jalouse envie s'en accroît; elle fait le tour de l'enceinte, y pénètre, et vient se placer en face du pavois. Le murmure qu'excite son audace, se change en admiration; Childéric l'aperçoit et rougit, il la regarde, il pâlit et chancelle. Egésippe jouit de son triomphe, un léger sourire l'embellit. Ce n'est pas une ame pure et neuve encore, qui pourroit échapper à sa beauté; sur son front, d'une éclatante blancheur, sont tressés des cheveux d'ébène que réunissent des liens de pourpre et d'or; ses yeux fiers et indifférens commandent l'amour; cette bouche fraîche et vermeille laisse entrevoir les plus belles dents, et ce col d'albâtre, qui porte avec grace cette tête magnifique, s'entoure de ces riches parures qui n'ont jamais frappé les regards du jeune prince, accoutumé aux sauvages couronnes de Talaïs; une légère tunique blanche, serrée 188 d'une riche ceinture, couvre des charmes qu'elle laisse deviner; un manteau de pourpre, et qu'agite les vents, flotte avec grace autour de sa taille majestueuse. Jamais une semblable divinité ne parut aux yeux du jeune monarque; il ne peut les en détacher, oublie le pavois, le trône et sa grandeur. Viomade, qui près de son maître et heureux comme lui, suit tous les mouvemens du jeune roi, a vu le trouble qu'excitoient en lui les charmes d'Egésippe; il a senti avec effroi tout ce que sa fatale beauté prenoit d'empire sur un cœur ardent et tourmenté du besoin d'aimer. Viomade sait que l'on ne s'oppose qu'en vain à l'amour, qu'il s'irrite même des obstacles, qu'enfant léger des désirs, il meurt avec lui trop souvent, dès qu'ils sont satisfaits, mais qu'il s'enflamme par la résistance. Cependant le caractère et l'ambition d'Egésippe, effraient Viomade; il n'ose inquiéter le roi de ses tristes réflexions, et les renferme dans son cœur. La cérémonie s'est achevée, Childéric est descendu de dessus le pavois; rappelé à lui-même par le mouvement qui se fait autour de lui: Soldats, dit-il, je jure de vivre pour vous aimer, et de mourir, s'il le faut, pour 189 vous défendre. Volant alors vers le roi, se jetant à ses genoux, ôtant promptement la couronne de dessus sa tête, et la plaçant sur celle de son père: Grand roi, dit-il, portez la long-tems pour le bonheur des Francs et pour le mien. Détachant de même son manteau et toutes les marques extérieures de la royauté, il se revêtit de l'armure d'un simple soldat, et prenant des mains d'un d'entre eux le brancard qu'il portoit à l'aide de plusieurs autres, le jeune roi marcha chargé d'un fardeau glorieux et cher, de son auguste père. Le peuple versa des larmes, Viomade adoroit son jeune maître, Ulric ne pouvoit retenir son admiration, tous les braves vouloient mourir pour lui. O sensibilité! premier et précieux don que Dieu fit à l'homme dans un jour tout de bienveillance, source des douces larmes et des plaisirs parfaits! ô bien de l'ame et charme de la vie! pourquoi le méchant peut-il abuser de votre abandon, emprunter vos traits et déchirer le cœur que vous lui ouvrez?

De retour au palais, où s'apprête un somptueux festin, Childéric paroît distrait et rêveur; ses regards inquiets s'égarent sans 190 espoir: Viomade sait ce qu'ils cherchent vaguement; il croit qu'en ôtant l'espérance au prince, il arrêtera ce sentiment dès sa naissance; il ne connoît pas encore le cœur brûlant de Childéric, il ne sait pas que l'amour espère, malgré l'amour même. Enfin s'étant approché du jeune roi, il le félicita sur les événemens du jour, et celui-ci lui répondit avec grace, que c'étoit lui surtout qu'il falloit en féliciter, puisque ce jour étoit son ouvrage. Avez-vous pu remarquer, continua Viomade, votre superbe ennemie, l'ambitieuse Egésippe, l'amante et bientôt l'épouse d'Egidius? son adresse vous eût enlevé le trône sans votre retour. Que de haine remplissoit ses yeux à votre aspect! que de courroux éclatoit dans ses regards!... Childéric rougit, et se tut; la haine, il ne l'a jamais conçue, et cependant il sent qu'il peut haïr Egidius. Le prince, agité de ce qu'il apprend comme de ce qu'il éprouve, tombe dans une profonde rêverie; Viomade seul en connoît la cause, et cherche à l'en distraire par son entretien, par le chant des Bardes, et en lui présentant tour-à-tour les braves dont il reçoit l'hommage. Childéric se rappelant Eginard, s'approche avec respect 191 du roi, et lui demande de vouloir bien admettre ce jeune soldat au rang des braves. Mérovée y consent avec joie; c'étoit récompenser Ulric dans ce qui lui étoit le plus cher; il avoit encore d'autres fils plus jeunes qu'Eginard, qui touchoit à sa vingtième année, et qui joignoit au courage d'un Français, la gaieté, les graces, la franchise et la légèreté de sa nation. Eginard avoit des yeux spirituels, un sourire fin, la fraîcheur de son âge, une taille élégante, dansoit, chantoit, montoit bien à cheval, se battoit encore mieux, aimoit, plaisoit surtout, et paroissoit s'attacher plus sérieusement à la tendre Grislidis, fille de Mainfroy. Ulric apprit de Mérovée l'honneur qu'alloit recevoir son fils; il s'empressa de le chercher, de le présenter lui-même à Childéric, qui le conduisant aux pieds du roi, remit au monarque la lance et le bouclier dont il devoit armer Eginard. En vain Mérovée se défendit-il de recevoir les hommages, en vain pressa-t-il Childéric d'armer lui-même son ami.—Non, non, répondit le jeune prince, ce n'est pas à ce bras sans gloire qu'appartient un tel avantage; faites plus, ô mon père! dit-il en se jetant à genoux, acceptez mes services, 192 que je sois du nombre de vos plus dévoués sujets; si je n'ai pas encore, comme eux, l'honneur d'avoir vaincu sous vos ordres, je vous porte un cœur aussi fidèle que le leur... Mérovée, attendri de ces marques de respect et d'amour, ne put refuser à son fils une demande si modeste; il le reçut avec les cérémonies accoutumées, ainsi qu'Eginard, et tous deux se tenant par la main, allèrent embrasser les compagnons d'armes, parmi lesquels ils venoient d'être admis. Depuis ce jour, Childéric ne parut à la cour du roi que comme les autres braves, n'accepta aucune distinction, refusa tout autre hommage, et fut le plus empressé comme le plus respectueux de tous. Ces soins cependant ne pouvoient distraire entièrement sa pensée de la superbe romaine; l'ambition qui l'a séduite n'étonne pas le prince, elle est faite pour le trône, se disoit-il. Ah! qui n'obéiroit à ses lois?... Mais cette couronne qu'elle envie, ne puis-je pas la lui promettre, la lui donner?... Elle aime, hélas! elle aime l'heureux Egidius! Et qu'importe un trône, quand on aime? Childéric, depuis l'instant où Viomade lui a parlé d'Egésippe, craint tout entretien avec lui; il redoute d'entendre 193 encore nommer Egidius, il craint d'entendre redire ce qu'il s'efforce d'oublier. Eginard, plus jeune, sera sans doute moins sévère; mais Eginard est l'ennemi du nom romain, il connoît les séductions de l'ambitieuse, il aime trop son maître pour ne pas haïr Egésippe, et Childéric voyant tant de cœurs irrités contre ce qu'il aime, sent l'amour l'enflammer davantage encore; il croit se devoir à lui-même de venger au fond de son ame l'objet de son délire; il cherche en vain à la voir: renfermée dans son château, elle médite en secret et espère encore, rien ne la désarme, et ce jeune roi, dont on lui redit les actions modestes et généreuses, ce prince, paré de tant de vertus, n'est pour elle qu'une victime qu'elle veut immoler à son ambition et à son amant.

Le bonheur sembloit retenir encore l'ame fugitive de Mérovée; mais la mort réclamoit sa proie, et il sentoit sa fin s'approcher. Childéric n'entrevoyoit ce moment qu'avec une vive douleur; les braves, désolés, le voyoient approcher avec effroi. Mérovée seul étoit tranquille, et attendoit la mort comme le repos de la vie: il prioit souvent 194 Viomade de conserver à Childéric l'amitié qu'il avoit eue pour lui-même, le conjuroit de l'éclairer de ses conseils, de l'environner de sa prudence; il adressoit la même demande à Ulric, il recommandoit à son fils de voir en Viomade un second père. Childéric à genoux pressoit tendrement les mains glacées du roi, prioit les dieux de le lui conserver encore; mais il s'éteignit dans ses bras, dans ceux de Viomade qui couvrirent de pleurs ce corps inanimé. La douleur fut générale, le deuil éclatant et sincère. Grand guerrier, roi juste, homme sensible, Mérovée, craint et admiré des ennemis, étoit encore le père aimé de ses sujets. C'est à la mort d'un roi que l'on juge tout-à-coup son règne; la crainte ne retient plus la vérité, l'ambition ni l'intérêt ne dictent plus la flatterie, l'envie même ne distille plus son venin, toutes les passions qu'excitoit la grandeur expirent avec elle, l'auguste renommée plane sur la tombe. O rois! mortels comme les sujets qui vous sont soumis, méritez que la reconnoissance éternise votre glorieuse mémoire; écoutez ce peuple entier qui chante encore: Vive Henri quatre!

De vifs regrets, une profonde douleur, 195 le respect le plus pur, éloignent du cœur du nouveau roi toute idée étrangère à son auguste père. Ses restes sacrés sont réunis à ceux d'Aboflède; tous les derniers ordres qu'a donnés Mérovée sont exécutés; Viomade et tous les braves conservent leur rang auprès du trône et du souverain: quand Mérovée n'est plus, il gouverne encore. La gloire, rivale de l'amour, va entraîner Childéric loin des piéges que lui prépare Egésippe. Joint à Trasimond, roi des Visigoths, il marche contre Odoacre. Ses premières armes furent heureuses, il fit des prodiges de valeur, ménageant ses troupes, s'exposant le premier, cherchant sans cesse l'ennemi, et rencontrant partout la victoire; il ramena son armée triomphante, et fière de son général. Près de Tournay, un groupe charmant attendoit les combattans; c'étoient leurs épouses, leurs filles, leurs sœurs, celles qui leur étoient promises. Elles portoient des branches de lauriers, des couronnes, semoient des feuillages sur les pas des vainqueurs, et voloient au devant d'eux. Parmi cette troupe aimable, on distinguoit sans peine la ravissante Egésippe; tel brille le lys audacieux au milieu des fleurs d'un parterre. Childéric, 196 à sa vue, sentit renaître tous ses premiers feux; mais que devint-il, dans quel délire s'égara son ame, dans quelle région divine crut-il être transporté, lorsqu'Egésippe, imitant ses compagnes qui offrent leurs dons aux guerriers, lui présenta, à lui-même, une simple couronne de feuillage, en lui disant: O roi des Francs! recevez-la, puisque vous la méritez. Tremblant d'amour, éperdu, le roi reçoit la couronne des belles mains qui la lui présentent. Oh! combien il la préfère à celle qu'il tient de la fortune! Une fête charmante étoit préparée dans le château de l'enchanteresse; elle invite le roi à s'y rendre, ainsi que ses braves et les généraux. Childéric accepte avec empressement, et suit la belle romaine, qui le conduit dans un jardin décoré, où plusieurs tables sont dressées; des instrumens se font entendre; les Bardes chantent la gloire du jeune roi; on danse; à l'heure du festin, cent flambeaux remplacent le jour; au parfum des fleurs, s'unissent les parfums d'Arabie, brûlant dans des cassolettes embrasées. Egésippe, ornement de ces beaux lieux, s'est entourée, sans les craindre, des plus belles comme des plus jeunes compagnes qu'elle a pu réunir; 197 aucune ne l'efface: on admiroit pourtant la voluptueuse langueur de Grisledis, la taille parfaite de Lantilde, les cheveux d'un blond argenté d'Ingonde, les graces innocentes d'Astregilde, la danse légère d'Amalasuinte; mais Egésippe réunissoit tous ces charmes, dont un seul suffisoit pour être belle.

A la table, placée près celle du roi, sont assis ses généraux; de l'autre côté sont ses braves; Viomade, Ulric et Mainfroy occupent les premières places; Amblare, Arthaut, Recimer, l'aimable Eginard, tous jeunes et courageux, sont placés au dessous, le roi est seul au milieu des dames, qui s'empressent de le servir; le vin d'Italie remplit les coupes dorées; les vieux généraux, couverts de lauriers et de blessures, retrouvent une nouvelle gaieté et l'oubli des ans dans les dons de Bacchus; la joie, ame des festins, ranime les yeux et les discours. Mais Childéric n'a vu que la maîtresse de ces lieux charmans; l'art qu'elle emploie pour le séduire étoit inutile, il suffisoit qu'elle se laissât admirer. Le jeune roi, dans toute la simplicité d'un cœur qui s'ignore, ne sait ni taire, ni contraindre, ni exprimer ce qu'il 198 éprouve; l'amour est dans ses yeux, dans son air, dans ses discours, dans ses mouvemens, il embrâse tout son être. Egésippe a reçu sans courroux, mais avec un trouble adroit, l'aveu répété qu'elle brûloit d'entendre. Childéric n'a point recours aux sermens; mais qui peut douter de la vérité de ses paroles? leur désordre, l'expression de sa douce et tendre physionomie, l'oubli entier de tout ce qui n'est pas celle qu'il aime, cet empressement qui ne connoît plus la prudence, tout peint à Egésippe son empire, et l'assure de sa puissance. Viomade n'a point partagé les plaisirs de cette soirée décisive; il voit les dangers du roi, il s'afflige, et l'adroite romaine interprète ses regards, qu'elle suit comme malgré elle. Viomade étoit là comme une seconde conscience, à laquelle elle ne pouvoit échapper. Souvent elle fixoit ses yeux sur lui avec une espèce de terreur; mais sûre enfin de son triomphe, ne redoutant plus rien de sa prudence ni de ses conseils, elle porta sur lui des regards satisfaits et menaçans. Viomade les entendit, n'osa leur répondre, et conjura les dieux de l'inspirer.

En vain la nuit devoit terminer des jeux, dont la ruse et l'amour mettent les instans 199 à profit; ils se prolongent encore, et Childéric s'étonne que le jour ose interrompre une si belle nuit. Il faut la quitter, celle qui captive toute son ame; il faudra vivre loin d'elle des heures entières, des heures qui d'avance effrayent le roi; ses adieux sont aussi pénibles que s'il craignoit de ne la revoir jamais. Il part enfin, suivi de ses compagnons d'armes; rentré dans son palais, il se hâte de se mettre au lit, pour échapper à Viomade qui ne le quitte point, et couche dans sa chambre royale, comme du vivant de Mérovée. Childéric feint de dormir, pour éviter tout entretien, et le brave qui sent lui-même combien ce qu'il a à dire est inutile, soupire et se tait. Comment persuader au prince, ce dont lui seul est convaincu, qu'Egésippe le trompe? Comment se flatter qu'il croira une vérité si cruelle, prononcée par lui, de préférence aux doux mensonges dont elle l'enivre elle-même? Mais comment le défendre d'un si dangereux ennemi? Voilà ce que Viomade ne peut décider, ce qui l'agite et lui ravit le repos. Il sait trop, hélas! qu'Egésippe n'aime point le roi; il n'a vu, dans sa conduite, qu'un manége adroit, le désir et l'orgueil de plaire, non ce trouble de l'ame 200 qui s'accroît de celui qu'il fait naître. Childéric est trop jeune, trop ignorant encore de tout ce qui tient à l'art, trop amoureux sur-tout pour s'en douter; il s'est enivré d'espérance; Egésippe elle-même auroit peine à la lui ravir. Oh! combien la prévoyance stérile de Viomade le désespère!

LIVRE DIXIÈME

Cependant le partage du butin, les rangs à accorder après la victoire, l'assemblée générale du peuple occupèrent fortement le jeune monarque. Il consultoit Viomade avec respect, suivoit ses avis, mais n'avoit plus en lui cette confiance abandonnée, qu'un seul secret altère, et qu'il eût si bien méritée. Les paroles de Viomade contre Egésippe ne s'effaçoient point du souvenir du roi; et quoiqu'il cessât de les croire, il renonçoit même à désabuser Viomade, et à défendre celle qu'il aimoit, dans la crainte de l'entendre l'accuser de nouveau. Cependant il la voyoit sans cesse, et loin d'elle il s'en occupoit; c'étoit pour lui plaire qu'il n'attaquoit point Egidius: Viomade ne cessoit de l'inviter à le chasser de la Champagne, de Soissons, enfin, de bannir loin de lui cet ennemi trop voisin: retenu par les charmes d'Egésippe, par la crainte d'une éternelle séparation dont elle le menaçoit, il n'écoutoit ni Viomade ni ses braves. A sa prière même, 204 Valérius, jeune romain qu'elle avoit présenté au roi, fut admis dans son conseil secret et parmi ses braves. Jamais un étranger ne devoit obtenir un tel honneur; les murmures furent sans effet; Viomade osa s'élever avec force contre cette infraction aux lois. J'en renverserai bien d'autres, lui dit fièrement Childéric. Viomade, blessé au cœur, sortit du conseil, Ulric l'imita; Valérius fut armé des mains du roi. Valérius, à un caractère faux et intriguant, joignoit l'adresse d'un courtisan et des mœurs corrompues. Egésippe l'employoit avec succès, quand elle avoit besoin d'un secours artificieux; elle le plaça auprès du monarque, moins encore pour l'environner, que pour épier Viomade qu'elle redoutoit, que pour être instruite des délibérations du conseil. Valérius lui fit part de la réponse de Childéric à Viomade; du mécontentement du brave, de celui d'Ulric, et ces heureux commencemens la flattèrent d'un succès plus prompt qu'elle ne l'avoit d'abord espéré. De nouvelles fêtes furent préparées; Egésippe enivroit le souverain de mille plaisirs inconnus pour lui; chaque jour plus charmé de sa présence, plus enflammé, plus épris, 205 tout à l'amour, il étoit prêt à laisser échapper les rênes du gouvernement, que déjà il ne tenoit plus d'une main ferme et assurée. Oh! qu'est devenu ce grand caractère, ces projets glorieux? Comme il est tombé, ce noble descendant de Pharamond, ce vertueux élève de Gelimer, ce protecteur de l'innocence de Talaïs! Un regard l'a vaincu, l'amour en a fait un esclave. Valérius, par des conseils trop d'accord avec son cœur, y verse chaque jour le poison; et Viomade, livré à la plus profonde douleur, voit s'évanouir ses espérances. Mais a-t-il donc perdu tous ses droits sur l'ame du prince? n'y reste-t-il aucune étincelle d'amitié, de reconnoissance? Viomade va bientôt s'en assurer. Valérius a envahi un champ qu'Ulric avoit reçu de Mérovée; le vieillard en porta des plaintes au conseil: mais Egésippe avoit déjà prévenu l'esprit du roi. Ulric n'obtint point justice; furieux, il s'exprima en soldat outragé; ses paroles téméraires, prononcées dans un premier mouvement, désavouées par son cœur, expiées par vingt blessures qu'il avoit reçues, offensèrent le roi, qui lui ordonna de sortir du conseil. Eginard suivit son père, et ne reparut plus à la suite 206 de Childéric. Cette nouvelle marque de ressentiment d'Ulric, fut représentée comme un nouveau crime. Jusques à quand, lui disoit Egésippe, vous laisserez-vous ainsi gouverner? est-ce donc pour obéir à Viomade, à Ulric, que vous êtes roi? Au nom de Viomade, Childéric a fait un mouvement; Egésippe a pressenti que l'instant de l'écarter n'étoit pas venu. Cependant on répand dans l'armée tous les bruits propres à l'inquiéter; on alarme le peuple sur sa liberté; on lui peint le monarque comme un prince léger, injuste, livré à ses passions, et sans respect pour les lois. On assure qu'il doit rendre aux Romains une partie de ses conquêtes; qu'Egésippe, qui seule règne sous son nom, dissipe en fêtes les trésors, et entraîne l'esprit du roi. On murmure; ces plaintes, que recueille Egésippe, et qu'elle répète elle-même au monarque, blessent son amour, irritent sa fierté; la belle bouche de la romaine accuse Ulric; Ulric est arrêté, chargé de fers, honte que jamais brave n'avoit subie. Eginard éclate, il porte dans tous les cœurs son séditieux courroux: l'armée, qu'il excite, s'assemble, et veut demander la liberté d'Ulric. Viomade, toujours fidèle, toujours 207 prudent, toujours dévoué, toujours tel enfin que doit être un brave, marche au-devant des mutins et les arrête. A son aspect les clameurs cessent: il va parler, on écoute.

Soldats, dit-il, mes compagnons, mes amis, qu'est devenue votre vertueuse obéissance? Est-ce ainsi, est-ce avec des cris séditieux que vous devez demander la grace d'Ulric; d'Ulric, coupable des mêmes murmures; d'Ulric, qui a lui-même provoqué le courroux de son maître par un ressentiment inconsidéré? Nous sentons le besoin d'un chef, nous l'avons choisi, notre obéissance fait sa force, comme sa force fait notre sûreté. Ne retombons plus dans ces tems malheureux, où le chemin ouvert jusqu'au trône, laissoit à chacun le droit d'y monter; ces tems, où nous étions tous rivaux; ces tems, où désunis, on nous chassa au-delà du Rhin: rappellons-nous quelle gloire suit nos armes depuis l'établissement de l'empire, et soyons soumis à ces lois qui nous rendent heureux et invincibles. O mes amis! retirez-vous, je vais tomber aux pieds du roi, je vais lui demander, au nom du peuple, la grace d'Ulric; je vais lui porter vos respects et vos vœux; j'espère tout obtenir de sa clémence. 208 Ces paroles calmèrent les esprits; ils en attendirent l'effet, et Viomade supplia le roi de rendre à Ulric sa liberté; il osa lui rappeler ses longs services, l'attachement de Mérovée; il osa même lui faire sentir son injustice en faveur de Valérius. Childéric étoit jeune et bouillant, il étoit fier, mais son ame étoit pure, son esprit juste, son cœur sensible; il ouvrit ses bras à son cher Viomade, rendit à Ulric sa liberté, le reçut avec bienveillance, pardonna même à Eginard. Childéric, plus content de lui, se trouva mieux avec Viomade, et se décida à lui confier son secret. Son secret, ah! les rois ne peuvent en avoir; l'éclat suit de trop près la grandeur, pour lui laisser le doux mystère; esclaves de leur brillante destinée, comment échapperoient-ils aux regards, lorsque tout les décèle? Childéric, cependant, se livre aux charmes de la confiance; il aime, il est aimé, mais il désire en vain; toujours attiré et repoussé, il a fait inutilement l'offre de partager son trône; il n'a point été accepté, et sa couronne ne s'embellit point encore de cet heureux partage. Viomade aime le roi avec cette franchise qui peut tout et ose tout; il rend hommage aux 209 beautés d'Egésippe, à son esprit et à ses graces, mais il doute de sa sincérité, il doute de son amour. Si

Egésippe aimoit le roi, pourquoi éloigneroit-elle le jour de son bonheur et de son brillant hyménée? pourquoi s'opposeroit-elle à ce qu'il marchât vers Soissons pour punir Egidius de ses ambitieux desseins? pourquoi, si elle l'aime enfin, lui dicter des injustices, et mettre des bornes à sa gloire? Les femmes, plus sensibles, portent l'exaltation plus loin que les hommes; l'amour en elle est généreux et fier, il ne leur inspire que de grandes actions, et ne leur dicte aucune foiblesse; une femme n'aima jamais un lâche, et fière de la gloire de son amant, elle la préfère toujours au bonheur, à sa vie même. Eh bien! ô roi! disoit Viomade, quels faits d'armes, quelle glorieuse journée, quels traits vertueux avez-vous offert à l'amour? Hélas! rien de grand, de noble, de généreux, de digne enfin de Childéric montant au trône, ne vous distingue. Egésippe, loin d'exciter en vous les mouvemens sublimes que l'amour développeroit d'un regard, semble enchaîner votre belle ame. Déjà les trésors, que la sage prévoyance de Mérovée avoit amassés pendant la guerre, 210 sont dissipés malgré la paix. On a vu s'élever à des postes distingués, ceux que la gloire n'en avoit point déclarés dignes; rester dans l'oubli ceux dont les actions avoient parlé; par-tout les Romains l'emportent. Qui sait, ô mon roi! jusqu'où l'adresse se propose de vous entraîner? qui sait, si elle n'espère point altérer l'amour de vos peuples, ranimer le parti d'Egidius, et... Childéric l'interrompant: C'est assez, Viomade, dit-il, je connois votre ame et vos longs services; je viens de vous prouver ma reconnoissance, en écoutant un discours qui outrage celle que j'aime; vous seul pouviez le faire impunément. Valérius a entendu ces dernières paroles, il les répète à Egésippe, qui peut à peine contenir sa colère contre Viomade. Elle le hait, parce qu'elle le craint; mais que peut craindre la plus belle des mortelles, bravant l'amour, et d'autant plus sûre de ses succès, qu'aucun sentiment ne l'entraîne? Elle revoit son amant, et lit avec peine dans ses yeux, l'effet qu'ont produit les conseils qu'il a en vain repoussés. Il n'a plus cet air de triomphe et de bonheur; ses empressemens mêmes sont moins ardens, une inquiète mélancolie l'oppresse, non cette douce 211 langueur de l'ame qui s'abandonne, mais cette sombre rêverie qui peint la défiance. Egésippe va la dissiper; elle ne se plaindra point de la liberté rendue à Ulric; un doux sourire va embellir ses traits, un tendre regard, un mot échappé au cœur, un instant de ce trouble délicieux qui semble annoncer à l'amant sa victoire, et implorer sa clémence, rendent au roi sa confiance et son bonheur. Il accuse Viomade d'injustice, et il enfonce le trait qui le blesse. Valérius entretient son espoir, irrite ses feux par tout ce qui peut les accroître, et Childéric reprendroit sa sécurité, si Egésippe acceptoit sa main. Elle ne l'a point refusée, mais elle ne fixe point l'instant du bonheur, et cet injuste caprice réveille les soupçons du roi. Malheureux, il ne sait où porter ses alarmes; l'amour le ramène aux pieds de celle qui fait son tourment; plus il souffre, plus il cherche celle qui le tue, plus il a besoin de la voir et de l'entendre. Indigné pourtant de son malheur et de sa foiblesse, un noble dépit va l'arracher à ses fers. Egésippe le prévoit, l'enchanteresse le rattache par l'espérance; et d'un amant mécontent, jaloux, honteux d'un esclavage sans récompense, 212 elle sait d'un mot, d'un regard, en faire l'amant le plus fier et le plus heureux. Mais ce n'est point assez pour elle que d'exciter à son gré sa joie ou ses larmes: Egidius l'accuse de lenteur;

il fait plus encore, il devient jaloux; déguisé, il parvient jusqu'auprès de la perfide, se plaint, s'irrite, menace et parle en amant sûr d'être aimé; ce n'est plus ce prince soumis, respectueux et tendre, aimant jusqu'aux rigueurs de celle qu'il adore, c'est un maître audacieux qui ordonne et qui prétend être obéi. Egésippe, si fière, tremble à son tour devant l'arbitre de son bonheur, et promet une prompte et éclatante preuve de son amour. Egidius se retire, après lui avoir fait de nouvelles menaces; il a revu les chefs de son parti; l'orage s'apprête de toutes parts, et la victime qu'elle doit frapper est loin d'en prévoir les coups. Valérius, en sortant d'un festin, animé par la joie, entraîné par l'ivresse, a rencontré sur ses pas la jeune Valderade, promise au courageux Rodéric: animé par les feux du vin, il a osé s'approcher d'elle, et la vierge effrayée l'a repoussé; plus téméraire, il l'a prise dans ses bras; Valderade, troublée, s'est évanouie, et le monstre en a profité pour son 213 éternelle honte. Valderade, privée à jamais de son éclat virginal, se livre au désespoir. En vain le coupable, revenu de son délire, cherche à l'apaiser, elle lui échappe, et court demander vengeance à son père et à son amant, non moins désespérés qu'elle-même. La loi étoit terrible, et condamnoit le coupable à la mort et à une réparation publique. Valérius alla chercher un azile dans le château d'Egésippe, qui obtint du roi qu'il seroit respecté. En vain le peuple en tumulte demanda Valérius; en vain la loi parloit, il fut sauvé. Les secrets émissaires d'Egidius se répandirent dans toute la France; par-tout on peignit le jeune roi sous les plus odieuses couleurs; par-tout on agite le peuple; on lui fait voir son prince esclave de l'amour, encourageant la licence, protégeant le vice auquel lui-même s'abandonne. Viomade entend ces clameurs, son cœur se déchire; il se jette aux pieds du roi, qui le relève avec émotion; il alloit triompher peut-être. On lui remet des tablettes, elles sont d'Egésippe; il vole lui répondre. Dieu! quel spectacle l'attendoit! elle est triste, abattue, celle qui d'un regard fait sa destinée; jamais l'amour ne se peignit si tendrement 214 dans ses yeux; un mot dit en tremblant, une douce plainte qui échappe à son cœur, remplissent d'émotion le jeune monarque. Egésippe craint de n'être plus aimée; pour la première fois elle frémit et soupire; pour la première fois, les sons enchanteurs d'une voix entrecoupée par des pleurs, expriment une flatteuse inquiétude. Oh! dans quel transport elle jeta le roi! Il aime, et il veut en convaincre; c'est à présent le premier, le seul de ses désirs; il tombe aux genoux de cette maîtresse de sa vie, n'aime qu'elle, ne veut aimer qu'elle, ne veut obéir qu'à ses lois, ne posséder que son cœur, dût-il lui en coûter et le trône et la vie. La perfide Egésippe paroît peu-à-peu se rassurer, le calme renaît par degrés dans ses traits, bientôt le bonheur les anime, et Childéric rend grace à l'amour. Egésippe, assurée de son empire, avertit secrètement Egidius; elle va frapper enfin un dernier coup. Ses demandes indiscrètes, ses profusions ont dissipé le trésor royal; elle persuade au roi de lever un impôt; il le propose au conseil; Viomade s'y oppose avec force. Que fera-t-on pendant la guerre, dit-il, si on met des impôts pendant la paix? Ménageons le cultivateur, 215 lui seul nourrit le peuple et le roi, gardons ces dernières ressources, toujours pénibles à employer, pour l'instant où nous attaquerons les Romains. Ulric appuya l'avis de Viomade: mais le roi exigea que sa demande fut soumise à l'assemblée du peuple, et chargea Viomade de l'y porter. Ce fidèle serviteur y consentit, afin de juger par lui-même de l'effet qu'elle produiroit, et de calmer le ressentiment du peuple, si les circonstances l'exigeoient. L'impôt fut rejeté d'une voix unanime; on accusoit Egésippe; on se plaignoit du roi; Viomade ne put contenir la révolte, elle éclatoit dans tous les yeux, se communiquoit, s'étendoit, et alloit devenir générale: cependant, la modération, la sagesse de ses discours, son amour pour la patrie, son dévouement pour son roi, eurent tant d'ascendant sur le peuple, qu'il prit un maintien plus tranquille, se contenta de rejeter l'impôt, et de demander le départ d'Egésippe. Viomade, chargé d'une telle réponse, ne craignit pas de la transmettre avec fidélité; mais il savoit qu'elle seroit sans effet. Childéric est courageux, fier, amant et roi; il ne sacrifiera point ce qu'il aime, et tandis que le brave délibère sur ce qu'il va 216 dire, qu'il cherche dans sa pensée les paroles qui iront au cœur du prince, et le toucheront sans l'offenser, éveilleront la fierté sans irriter l'orgueil, éclaireront les yeux sans les blesser, Egésippe, déjà prévenue de ce qui se passe, renverse ses projets, détruit ses plans et anéantit son espoir. Childéric mandé chez elle, y vole avec empressement; des femmes éplorées l'introduisent dans l'appartement où il est attendu; leur abattement, leur trouble, l'ont déjà frappé. Mais qui pourra peindre sa douleur à la vue d'Egésippe mourante; ses beaux cheveux, détachés, flottent sur ses épaules et tombent en anneaux autour de sa taille; son sein, baigné de larmes, se soulève et palpite; le désordre de sa parure, les sanglots qui s'échappent de sa poitrine, son silence, ses pleurs, tout prépare le roi à la plus terrible nouvelle; il s'approche en tremblant, s'assied près d'elle et la conjure de s'expliquer. Les larmes d'Egésippe redoublent, et le roi éperdu, la supplie, la presse de lui répondre. Elle essaye de parler, sa voix s'y refuse, les paroles expirent sur ses lèvres, sa tête se penche, elle tombe dans les bras de son amant; ses voiles se sont détachés, mille charmes nouveaux, 217 et toujours cachés à ses yeux, se laissent entrevoir. Childéric presse contre son cœur la beauté, trop foible et trop languissante, qui cesse de le repousser. Surpris, charmé, il n'ose, et cependant jamais il n'éprouva tant d'ardeur. Mais revenue à elle comme d'un songe, Egésippe le repousse, et levant sur lui des yeux trop sûrs de leur empire: Où m'emportent, dit-elle, et l'amour et la douleur? est-ce ainsi que je dois vous dire adieu et retrouver le courage de vous quitter? Me quitter! reprit Childéric, me quitter, ô ciel! et qu'osez-vous penser? Il le faut, reprit-elle avec anxiété, il le faut, cédons au peuple, ou plutôt à Viomade. Hélas! il me hait, je le sais, et sa haine a passé dans tous les cœurs. Déjà l'impôt est rejeté, et ma perte est promise; déjà votre peuple attend mon départ. Que dites-vous, ô ciel! s'écrie le prince. La vérité, répond la perfide. Vous le savez depuis long-tems; Viomade, jaloux peut-être de votre cœur.... Oh! madame, n'accusez point Viomade, si vous voulez que j'en croye vos discours... Eh bien! reprit fièrement Egésippe, n'en parlons plus, j'y consens; mais souffrez, je vous prie, que je parte à l'instant même, et que je n'attende 218 point l'ordre odieux: aujourd'hui, je pars libre et sans honte; demain, chassée par un peuple en fureur... Adieu, ô roi! dit-elle, en s'abandonnant de nouveau au désespoir; adieu, je vais porter au fond de ma patrie le trait qui m'a blessée, et implorer une mort prochaine, qui seule peut mettre un terme à mes regrets; puissiez-vous, heureux loin d'Egésippe... De grace, cessez de tels discours, s'écria Childéric; est-ce bien vous qui voulez me quitter? est-ce à moi qu'un peuple insolent viendroit enlever celle que j'aime? ne suis-je donc plus son roi?—Viomade l'a promis, lui-même vous cherche pour vous l'annoncer.—Ah! s'il l'osoit...—Il l'osera.— Non, non, je ne puis le croire. Egésippe, ô belle Egésippe! calmez-vous et demeurez: mon bras saura vous défendre; acceptez mon trône; daignez y monter; venez régner sur des rebelles, qui tomberont à vos pieds; venez assurer mon bonheur. Allons répondre à ces clameurs en allumant les flambeaux d'hyménée, en plaçant ma couronne sur votre front. Egésippe parut attendrie; elle se laissa aller un moment à une profonde méditation, et regardant le roi, elle lui dit: mes chars sont prêts, ma 219 suite m'attend; ce moment va décider de mon sort. Ou je reste, et je suis à vous, ou je pars à l'instant même et pour toujours; mais j'exige que Viomade me soit livré, et je reste à ce prix. O ciel! s'écria le roi en s'éloignant d'Egésippe, livrer Viomade, l'ami de mon père, mon libérateur! jamais, jamais, dût m'accabler l'amour de toutes ses rigueurs: et il cacha son visage dans ses mains. Il dit qu'il m'aime, il prétend qu'il m'aime, et il me refuse, s'écrie Egésippe, c'en est assez, adieu, adieu, séparons-nous. Elle se lève; Childéric ne la retient pas, il souffre, il gémit, mais il ne dit rien; Egésippe frémit: Tu hésites, barbare! s'écrie-t- elle, en tombant à ses genoux, tu veux ma mort! Ah! me crois-tu moins de courage et d'amour qu'à Talaïs? Childéric ne sait plus ce qu'il veut, ce qu'elle exige, ce qu'il éprouve. O ciel! disoit-il, inspirez-moi: comment les sauver tous deux? Eh bien! reprit Egésippe, je veux encore te prouver que je t'aime; le roi la relevoit avec empressement; elle résiste et demeure à ses pieds: laisse-moi, dit elle, t'implorer contre l'ennemi qui nous désunit, contre celui qui me dispute ton cœur, qui promet aux Francs mon départ, irrite le 220 peuple, et veut ma mort: accorde-moi seulement son exil et je suis à toi; mais je ne puis combattre sans cesse sa haine, ni réprimer la mienne; car, je te l'avoue, je hais Viomade; cède au nom de l'amour, vois mes pleurs, cède, dit-elle, en se levant, en l'entourant de ses beaux bras, cède une fois, pour régner toujours. En disant ces mots, elle presse sur son cœur cet amant jeune et sensible; ses yeux se confondent avec les siens, elle attend la vie ou la mort. Qui résisteroit à sa beauté, à sa séduction, à ses caresses, à ses larmes? Childéric est vaincu, et Valérius est chargé de porter à Viomade l'ordre de son exil. Mais le roi peut se repentir, il faut l'enivrer de bonheur, charmer sa raison, écarter toute idée étrangère à l'amour. Egésippe lui peint sa joie, sa vive reconnoissance: je suis aimée autant que j'aime, disoit-elle, rien n'égale mon bonheur et mon amour. Alors, s'apercevant du désordre de sa parure, elle le répare avec lenteur; les mains guerrières du roi rattachent, avec une heureuse maladresse, ses voiles légers, ses longues tresses qui lui échappent cent fois; il craint de blesser mille charmes qu'il touche à peine, sourit en admirant son 221 ouvrage, et se livre à cette innocente joie de l'amour qui espère encore: ces légères faveurs le contentent; il attend de l'hymen un dernier bienfait; ils en fixent le jour; ils en projettent les fêtes; il faut que tous les cœurs soient heureux de sa félicité. Cette journée et une partie de la nuit se sont écoulés; une des femmes d'Egésippe entre, et lui parle bas; elle sourit, avertit le roi qu'il est l'heure de se retirer. Il reprend le chemin de son palais, entouré de ses gardes, et encore enivré de son bonheur et de ses espérances.